上海锦绣文章出版社

舒悦/著
金立/执笔整理

舒悦艺事

嘎讪胡

舒悦

自序

了解我的人都知道，舒悦是个“神偷”，这个“偷”不是偷钱，偷古董，而是“偷本事”。那这些本事到哪里去“偷”呢？当然是到每一个老师那儿去“偷”。所以我钱不是很多，但是老师有很多。有拜过师的，有叫叫的，有朝夕相处的，有从未谋过面的，有“霸占”别人的，也有毛遂自荐的，有老的有小的，有男的有女的，有不男不女的，有不可思议的。有的虽过耄耋，仍鹤发童颜，活泼可爱。有的虽已驾鹤西归，却每时每刻还让我魂牵梦萦。各位老师，说句心里话：你们给我的每一个本领就好像一件件华丽的衣裳，穿在我这个本无衣遮的躯体上，使我能在艺海中自由翱翔，游刃有余。各位恩师，饮水思源，永不忘本，在此深深鞠一躬，你们辛苦了，你们永远是我的再生父母，我永远感恩……

目录

第一回

我的沪剧启蒙老师陆敬业

就是这一声“老伯伯”，将我引领进了沪剧的大门；就是这一声“老伯伯”，使我的唱腔与表演中至今都潜移默化地有着陆派的风格；就是这一声“老伯伯”，区别于别的同事对他的称呼。这一声“老伯伯”，我整整叫了他将近三十年。

舒悦的沪剧启蒙老师陆敬业（左）在给他说戏

喜欢沪剧的人对陆敬业并不陌生，他是沪剧界的中流砥柱（现已将至古稀），曾和马莉莉老师是沪剧的黄金搭档。陆敬业老师扮相英俊，举止潇洒，眉清目秀，唇红齿白。请注意，我说的是三十年前的陆老师。且看现在的陆敬业老师，虎背熊腰、臂粗腿壮、豹头环眼，如果再粘上一圈大胡子，再加上他雷厉风行、粗犷有力的举止，真好似三国时期燕人张飞张翼德再世。陆老师您别生气，我是开开玩笑。其实为什么把陆老师说成张飞张翼德是有道理的。张飞勇猛异常，百万军中取上将首级如探囊取物。然而谁都不会想到这么一个粗犷的上将却能画仕女，而且画得惟妙惟肖，婀娜娉婷，足见他是粗中有细，文武双全，智勇足备。其实据我对陆敬业老师的了解，他就是这样一个人。他一九四六年出生，属狗，和我父亲一样大，我父亲已经驾鹤西归，而他还是那么健康洒脱。真的看不出他已经是一个将近古稀之人。这与他乐观开朗的性格和规律的生活是分不开的。我父亲和陆老师是好朋友，亲如兄弟。故而当我小学毕业后想考上海戏曲学校沪剧班时，我父亲近水楼台先得月，请陆敬业老师来辅导我。我还记得那是一个夏天，我和我母亲在家准备了西瓜和正广和橘子水，等待着我父亲相邀陆老师初临寒舍。随着一阵不紧不慢的脚步声，我父亲引领着陆敬业老师踏进了我的家门，我父亲兴奋地对我说：“悦悦，这位就是陆敬业老师，你如果要吃沪剧这碗饭，他就是你的启蒙老师。”我恭恭敬敬走上前，向陆老师鞠了一躬，由下到上打量着这位老师，他穿了一双黄白镶嵌的香槟色皮鞋，下身穿一条烟灰色的西裤，上身穿一件烟灰色的短袖衬衫，左手手臂上戴了一个银光锃亮的手表，右手拿了一把折扇。当时我有点纳闷，正值初夏，天气并不炎热，老师为什么手里要拿一把折扇呢？后来吃了文艺这碗饭才明白，这是我们文艺界演员的风度。不要说夏天，有时为了证明自己是演员的身份，下雪天也会拿把折扇。然后我和陆老师四目相对，我轻轻地喊了一声“陆老师好”。突然听到了炸雷般的声音：“小鬼，啥个（什么）陆老师，勿要听倻爷（你爸爸）瞎讲，勿许叫陆老师，叫老伯伯。”我父亲马上附和地说：“对对对，伊（他）比爸爸大几个月，应该叫老伯伯。”陆老师继续风趣地说：“我属狗，人家叫我陆狗，倻爷也属狗，人家叫他舒狗，阿拉两噶头勒拉一道（我们两个人呆在一起）就是‘落水狗’。”随着三位长辈的一阵开怀大笑，我突然觉得一下子拉近了我和这位从未谋过面的沪剧前辈的距离。他真的就像我们自己人一样，我甜甜地叫了他一声“老伯伯”。

就是这一声“老伯伯”，将我引领进了沪剧的大门；就是这一声“老伯伯”，使我的唱腔与表演中至今都潜移默化地有着陆派的风格；就是这一声“老伯伯”，区别于别的同事对他的称呼。这一声“老伯伯”，我堑整叫了他将近三十年。老伯伯坐定之后马上开始教我一段他的著名唱段，

《啼笑因缘》中的“晓雾迷蒙古柏丛”，他唱一句，我唱一句，唱了四句以后，又一声炸雷般的声音把我从优美的沪剧旋律中惊醒：“阿达（我父亲的小名），搿（这个）小鬼灵的，从来没唱过，就可以唱得字正腔圆，灵的灵的灵的，伊绝对是吃这碗饭的料。”我父亲笑得合不拢嘴，我母亲在一旁暗暗窃喜，我得到了赞扬，那种满足，那种虚荣，无法用语言来形容。看见老伯伯额头上微微有汗渗出，我马上去拿毛巾，还滴上了花露水，让老伯伯擦擦脸。当我拿了毛巾回来的时候，我惊呆了，桌上放着的四瓶正广和汽水已经出现了三个空瓶，桌上切好的十片西瓜也仅剩了两片。看看我父亲和母亲丝毫没有动过嘴的痕迹，难道就在这短短的三分钟内，老伯伯就把这些东西全“干”掉了吗？后来我才知道，这位老伯伯是沪剧界的大胃王，这些东西对他来说只不过是杯水车薪，沧海一粟。但再仔细观察，虽然吃了那么多东西，但他的身上、手上，身旁的桌上，一点都没有食物、饮料留下的污渍，一块一块瓜皮排列有序，一堆西瓜子也集中在了脸盆的一角，没有一粒留在桌上，掉在地上。小时候不懂啊，现在回想，这个老伯伯真是一位既能指挥千军万马，又能穿针引线擅女红的大人物。

陆敬业老师对吃可以说是情有独钟，用现在流行的话说就是个典型的吃货，素有“陆半桌”之称。也就是说如果出去吃饭，他一个人可以吃掉半桌的佳肴，所以每当别人兴致勃勃地赴宴，但却看到要和陆老师同桌就餐的时候就会垂头丧气，叹息连连，会偷偷地打电话回家，叫家人准备泡饭夜宵，因为知道今天这顿饭是吃不饱了。有一次，我和陆敬业老师一起

去点心店吃锅贴，一两锅贴是四个，我吃了二两外加一碗小馄饨，已经上面顶住进口下面顶住出口，撑得不行。再看陆老师，在半斤锅贴和两碗小馄饨面前面无惧色，游刃有余，张开了他那“气吞山河”的嘴，用了短短的十分钟时间，风卷残云般把二十个锅贴和二十四个小馄饨连汤带水统统消灭，然后抹了抹嘴叫了一声“服务员”。我当他准备结账了，谁知他说：“再给我来碗牛肉汤”（服务员送那碗牛肉汤上来的时候手都在抖）。

我一直对陆敬业老师的胃充满好奇之心，怎么装得下这么多东西？我去问他，他风趣地回答我：“老伯伯胃里有两把刀，任何东西哪怕‘钢筋水泥’吃下去全可以切得粉粉碎”。不过，一个人满口饭可以吃，满口话不能说。后来出事情了，有一次他大概真的吃了“钢筋水泥”，肚子不舒服了，痛了一晚上。第二天他去看医生，医生叫他下午去验大便。那时不像现在的医院当时就能解决，要回到家取一小部分，放在自来火盒子里再送到医院里去。这下他犯难了，他特别地爱干净，无论如何下不了手取这一小部分。天无绝人之路，用他自己的话说也是“狗急跳墙”（呵呵，他属狗的，没关系）。他去找了一个蛋糕盒子，把他的“所有”倾囊而出，都交给了这个蛋糕盒子。因为他细心，还

上世纪九十年代末在苏州

在这个蛋糕盒子上扎上了一根红丝带，乍一看就像一个刚刚出炉的“蛋糕”。他把这个“蛋糕”放在自行车的后座上，骑着自行车奔赴医院。到了医院之后自行车停好，直奔挂号处，来到挂号处发觉两手空空，哎呀，“蛋糕”忘记拿了。再回到停自行车的地方去拎“蛋糕”。天哪！“蛋糕”被人家拎走了（我至今还在想这个拎走“蛋糕”的朋友可能今生今世再也不会吃蛋糕了）。列位看官，这件事有是有的，但我也进行了艺术加工，希望你们一笑了之，不要放在心上。更向陆老师致以十二万分的歉意，谁叫您是我叫了近三十年的老伯伯呢，我们是自己人。

这一声“老伯伯”我会永远叫下去，因为是他把我引领进了艺术的大门，又是他第一个把我这块籽玉雕出了雏形，更是他在我十四年的沪剧艺海中为我加油助力，历尽艰辛。直到今年我父亲去世，陆老师在我父亲的灵台前老泪纵横，哀音声声地祭告：“阿达，你一路走好，你要保佑悦悦啊，悦悦会为你争气的，我是他的老伯伯，我会代你爱护他关心他的，你放心吧。”古话说：天下无不散之宴席。但据我看来，席会散，人可离，不曾饮完的酒未必会冷，因为我们大家会用我们的情、缘、心永远把它温热着。

第二回

沪剧王派
三代一脉相传

我师公王盘声用颤抖抖的双手同时拿起两只酒杯，与我和孙徐春老师一起碰杯，他老泪纵横且又面带微笑地说：“谢谢，谢谢你们，不要忘记三代一脉传。”

一九八九年十一月十一日，著名沪剧表演艺术家王盘声（中）喜收孙徐春（左）为徒，孙徐春喜收舒悦（右）为徒。至此，王派艺术一脉相承。

上世纪八十年代末在十六铺码头附近有一家饭店叫百乐海鲜酒家，六开间门面，上下两层楼，这是当时上海的第二家海鲜饭店，平时生意很好但却赚不到钱。为什么呢？因为是我父亲开的。我母亲有句名言说我父亲“不做生意不亏本，一做生意就亏本”。其实除了我父亲不善经营之外，最最重要的因素是我父亲太喜欢文艺并喜欢结交文艺界的朋友。所以，饭店生意再好，客人再多，他为了要搞文艺界的聚会，会把前来吃饭的客人都回掉，叫他们到别的地方去吃。自己则和文艺界的朋友尽情陶醉在戏曲优美的旋律之中，忘记了成本、毛利和赚头。我母亲和饭店的员工都心存怨言，甚至很恨我父亲，但我却不恨他。因为他虽然没有给我留下物质财富，却给我留下了用不完的精神财富。来过我们店的戏曲界名人真是不少，王盘声、邵滨孙、杨飞飞、赵春芳、王雅琴、小筱月珍、汪秀英、韩玉敏、孙徐春、王汝刚、关栋天、赵志刚、童双春、吴双艺、翁双杰、王双柏、王双庆、李青，等等等等。我就是在这些名家老师的熏陶下练就了今天的“铜筋铁骨”。

我是唱沪剧的，对王盘声老师的王派相当之迷恋。我就向我父亲袒露心声，想拜在王盘声老师的门下。我父亲也非常赞同，而且拍胸脯说一定成功。没想到王盘声老师婉言谢绝了，理由是我和他之间跳开了一个辈分，只能收作徒孙而不能收作学生。我心想只要沾着一点“王味”，我也心满意足了。王盘声老师有很多的学生，到底拜哪一位作为自己的先生呢。我也冥思苦想，辗转反侧，日不思餐，夜不成眠。正当我惆怅之际，我父亲从门口进来，一边进门一边哼着一句沪剧：“为你打开一扇窗……”就是这随意的一句哼唱，使我走出了迷津，看到了“明媚春光映小窗”。大家已经猜出来了，我是要拜著名的沪剧演员孙徐春老师为师。对，一点不错。但是当时想拜孙徐春老师谈何容易。孙徐春老师当红，红到什么程度，红到出租车司机都会唱《为你打开一扇窗》，红得不能在马路上走，只要他一出现，交通肯定拥堵。我亲眼目睹孙徐春老师在瑞金剧场（位于延安路石门路口）开个人演唱会，结束之后，观众把孙老师的车子围得水泄不通。孙迷们争先恐后都想一睹这位沪剧王子台下的风采。有多少妙龄少女为了要想和孙老师近距离接触，不顾一切挤进人群喊了一声：“孙徐春我爱你，我吃煞脱侬（我喜欢死你了）。”等到孙老师的车子缓缓离开，再看看那些妙龄少女，头发散乱，耳环只剩下一个，高跟皮鞋缺了一个跟。虽然脚高脚低，步履蹒跚，却在她们脸上看到了满足的喜悦。

所以各位想一想，要想拜孙徐春老师为师谈何容易啊！

一九九五年，在逸夫舞台举办“朝华晨露——舒悦学习汇报沪剧演出专场”。

没办法，只有回头再去求王盘声老师。王盘声老师出乎意料地哈哈大笑："看来你和我王派是有缘分的。"我有点丈二和尚摸不着头脑。王老师接着说："在你来之前的十分钟，小孙（孙徐春）刚刚离开，他想拜我为师……"后面的事情我想也不用再啰嗦了，各位看官一定也猜出了结果，总之一切水到渠成。一九八九年十一月十一日，在我父亲的百乐海鲜酒家举办王派三代拜师仪式，我拜孙徐春老师为师，孙徐春老师拜王盘声老师为师。从此王派三代人一脉相传。

记得那一天高朋满座，热闹非凡，主席台上除了王盘声老师、孙徐春老师和我，还有著名滑稽表演艺术家周柏春老师、杨华生老师、王汝刚老师（传授我滑稽艺术的恩师）。最让我记忆犹新的是那天杨华生老师发言时候讲的一番话，他说："戏曲事业真的博大精深，底蕴深厚，历史悠久，我们唱滑稽的南腔北调九腔十八调都要去学，就好比每一个戏曲剧种都送给我们滑稽一件衣裳，让我们滑稽衣着得体，光鲜亮丽。如果每一个剧种都把这件衣服讨要回去，那我们滑稽只能赤身裸体，受冻挨饿。"当时只有十五岁的我，对这番话的印象特别深，也许冥冥之中杨老先生为我这个将来的滑稽小辈也上了生动的一课，使我至今受益

沪剧王派三代一脉相传

匪浅。拜师宴上，我为老师、师公鞠躬、敬茶、献上鲜花，行了拜师大礼。孙徐春老师送了我一套《傅雷家书》。这本书的内容是傅雷及其夫人写给自己孩子傅聪和傅敏的家信。傅雷对孩子的爱没有那种庸俗的温情脉脉，而是始终把道德和艺术放在第一位，把舐犊之情放在第二位。由于该书是父母写给儿子的家书，是写在纸上的家常话，因此如山间潺潺清泉，感情纯真，令人动容。老古话说：一日为师，终身为父。说明孙老师已视我为子，我也将永远尊师为父。王盘声老师送给我一幅字，上书：谦、勤、慎、思，教导我在从艺和做人的道路上要永远做到谦虚、勤劳、谨慎、思考。二十六年来我自己时时反省，我自己做到了吗？勤劳和思考，我做到了，并已经成为我工作、学习、生活的一个习惯。而谦虚只做到一半。有人说舒悦是“小老茄”（上海方言，小人精的意思）。其实让我悄悄地告诉你，我对有本事、有真才实学的人都会很尊敬、很谦恭，不管这个人的身份、地位、名声、背景如何，哪怕叫我帮他去倒洗脚水，我都愿意。但如果有些人只有身份、地位、名声、背景，而没有真才实学，想要让我谦恭和尊敬，我至今还是做不到的，这方面请原谅我“捣不来浆糊”（不会糊弄）。我身上最缺乏的应该是谨慎二字。有一次和王汝刚老师在寺庙里参观，我看见禅房的墙上写着两句话：闲谈莫聊他人非，静坐常思自己过。我就和王汝刚老师说：“王老师，什么时候我可以做到这两句话那就太好了。”王老师说：“很方便，我叫里面方丈把你头发全部剃了，给你一件海青（僧衣），再叫他们在僧房里面加个铺，不久的将来你就能做到。”这个时候我浑身发痒，真想笑，但是在庙里要严肃，我忍得把嘴唇都咬破了。“小鬼，做到这个太难了，但是你倒是需要谨慎，有句话叫祸从口出，我们唱戏人特别是唱滑稽的人比常人都会说，叫唇如枪舌似刀，已经‘口孽深重’。所以平时在台下更要口下留情，予人方便乃予己方便，切莫骄傲，要谨慎行事，你看，”我抬头一看，看见一尊伽蓝菩萨（三国关羽圣像）。王老师继续说，“关帝圣君人称美髯公，熟读《春秋》，满腹韬略，青龙偃月刀有万夫不当之勇。但是一生犯了一个字‘骄’，而且说话不谨慎送了一条命。东吴孙权有一个儿子想娶关羽的女儿为妻，派人提亲，关羽不允倒也罢了，却讲了一句：‘虎女焉能配犬子否？’就是说我老虎的女儿怎么能配给你狗的儿子做媳妇，此话太伤人了，又骄傲又不谨慎，并且不留余地。孙权恼羞成怒，派吕蒙白衣渡江，关羽败走麦城，被东吴所擒，一命呜呼。可见说话谨慎多么重要。”所以我现在时时刻刻关照自己做人要当心，说话要当心，谨慎点总归没错的，小心驶得万年船。现在回过头来想一想当初我师公送我的四个字是有道理的，正所谓字字千金，毕生受用。

虽然王派三代一脉相传，但是我一直觉得非常对不起我师公王盘声，因为我拜师以后孙徐春老师唱戏比较忙，都是由我师公王盘声老师来教我，起码有两三年的时间朝夕相处，耳濡目染。是我师公为我打下了扎实的沪剧基本功，但我却不能在沪剧舞台传承王派，这是我心中永远的愧疚。二〇一五年六月六日，我应邀参加我师公王盘声九十二岁的寿诞聚会。师叔、师伯、老师都对我赞不绝口，都为王派出了这么一个家喻户晓的传人

而感到骄傲。当我沾沾自喜地拿着酒杯向我师公祝寿的时候，一直沉默寡言、不苟言笑、闭目养神的师公突然之间睁大眼睛，提高喉咙严肃地问了我一句话：“你什么时候可以归队了？”顷刻之间全场鸦雀无声。我不知所措，顿时哽咽，热泪盈眶，双膝跪在我师公面前：“阿爹（爷爷），我对不起你，不管我在何时何地何情何景，我都会把王派艺术发扬光大。”我老师孙徐春马上上前把我扶起来，安慰师公说：“老师你放心，我和悦悦虽然都不在沪剧界，但是我们的心都在沪剧里，一定会让王派代代相传的。”我师公王盘声用颤抖抖的双手同时拿起两只酒杯，与我和孙徐春老师一起碰杯，他老泪纵横且又面带微笑地说：“谢谢，谢谢你们，不要忘记三代一脉传。”

著名沪剧表演艺术家王盘声（中）、原东方电视台台长刘文国（左）参加舒悦与张宇峰的婚礼

第三回

沪剧界的“福”“乐”“寿”三星

BUTTERFL

福如老大邵滨孙，乐似人间杨飞飞，寿比寿星赵春芳。愿三位老前辈能够保佑我们沪剧事业蓬勃发展，把他们的“福”“乐”“寿”传给一代又一代的沪剧人。

名家荟萃，后排左起依次为：王盘声、小筱月珍、刘卫国（导演）、罗佩佩（香港名票）、韩玉敏、杨飞飞、王雅琴、邵滨孙、赵春芳。前排居中乃本书作者舒悦，时年正值十六岁花季。

在沪剧界我有三位德高望重的老师，堪称“福”“乐”“寿”。先来说说这位“福星”，就是我们沪剧泰斗——沪剧表演艺术家邵滨孙。其实邵滨孙老师也是我的师公（阿爹），因为我在一九九五年曾经拜著名的沪剧作曲家万智卿为师学习作曲，而万老师恰恰就是邵滨孙老师的学生，所以论辈分，我也是邵派第三代传人。看到这儿，大家肯定要说，这小鬼一会儿沪剧王派传人，一会儿沪剧邵派传人，人家传给你干啥，你又不是沪剧界的。谢谢你们，这些触心触肺（上海方言，意思是钻心的疼）的话不要说，这是我一世的“隐痛”，哈哈，让你们见笑了。

说起这个师公，他的性格和王盘声阿爹大为不同。王盘声阿爹平时不善言辞，沉默寡言。然而邵滨孙阿爹性格豪爽，有啥说啥。王盘声阿爹不管他看得惯还是看不惯的人都不放在脸上，心知肚明足矣。而邵滨孙阿爹绝对属于“横眉冷对千夫指”。王盘声阿爹口袋里几乎不带钱（因为他不知道怎么用），而邵滨孙阿爹则属于有多少用多少，从不吝惜。打个比方，两个阿爹同样都给我十块钱差我去买碗面，这碗面六块五毛钱。等面买回来我把三块五毛找零放到两位阿爹面前。邵阿爹一定提高喉咙说：“找头（零钱）不要了，天这么热，给你去买块冰砖呔呔（尝尝）。”而王阿爹会先拿起三块五毛数一数，然后把三块放进衬衣口袋，接着拿一张五毛的纸币塞在我的手心里，用王派软糯的鼻音温柔地对我说："烈日炎炎，去买冰棍吃。"我说："阿爹，冰棍只要两毛五分一根，五毛太多了。""给阿爹也带一根。"

你们千万不要认为是王阿爹小气邵阿爹大方，这和他们的学艺历程及环境有着密不可分的关系。在上世纪上半叶沪剧的鼎盛时期，上海有一个叫文滨剧团的沪剧团，是由沪剧宗师筱文滨先生创办，所有的沪剧名家几乎都是文滨剧团的精兵强将，邵滨孙老师就是文滨剧团的当家小生。据老一辈的沪剧观众说，邵滨孙真是红极一时啊。他演杨乃武，出场前在侧幕里高喊一声："大嫂在家吗？"台下的观众掌声欢呼声此起彼伏，就像今时今日的观众见到黄晓明一样。等到他一出场，台下有的观众甚至会把钻戒都扔上舞台。邵滨孙老师以西装旗袍戏最为擅长。虽然他身高与我差不多，但是他比我长得有样子，穿西装特别漂亮。《叛逆女性》中的周民伟气宇轩昂，风流潇洒，一举手一投足的确吸引了大批的沪剧观众为之而倾倒。所以当时的社会氛围和社会环境也许误导了邵滨孙的人生，用他自己的话来说有些醉生梦死。因为红，赚得到钱，也曾经一度纸醉金迷，挥霍无度，欠下了一担黄金的债务。当时的计量一担黄金就是一百斤。这是一个天文数字，也是一笔还不清的债务，当时的黑势力怎会放过他呢？正当他面临困境、四面楚歌时，中国人民解放军在一九四九年五月全面解放了上海，也解救了在苦海中迷途的邵滨孙。从此，他积极向上，忠于人民，忠于党，忠于祖国，在党和人民的教育下，他脱胎换骨，凤凰涅槃，得以重生。在沪剧事业上，他推陈出新，孜孜不倦，甘做绿叶，扶持青年。我们沪剧界的老中青三代都亲切地叫他“邵老牌”。现任上海沪剧院院长茅善玉对邵阿爹这位老艺术家更是感恩备至，沪剧院上上下下只要听见邵老师一声吩咐，都会第一时间来到他的身边为他效力，足见邵老师极佳的人缘和过硬的人品。

生活上，虽然在“文革”中他痛失爱妻（著名沪剧表演艺术家筱爱琴老师），却在“文革”后得到了石筱英老师的抚慰，并且互敬互爱，勤俭持家。上世纪八十年代末，石筱英老师不幸病逝，邵阿爹一度心灰意懒，两鬓飞白，变得不想上台演戏，不想与人交流，消极面对人生。大家都担心邵阿爹这样下去前景不容乐观……稀奇真稀奇，有句古话说得好，叫“有福之人路不绝，鹊鸣枝头化春雪”。邵阿爹的第三次姻缘使他永浴在夕阳无限风光的余晖之下……

韩玉敏老师，国家一级演员，《红灯记》李铁梅的样版，比邵阿爹小十四岁，他们两个的结合我是一清二楚。有人要说了：这个“小老茄”又在信口雌黄了。我有凭为证，先请大家看两封当初邵滨孙阿爹与韩玉敏老师的鸿雁传书。大家肯定都在想，这么珍贵的情书怎么会在舒悦手里，这个就是我和邵滨孙老师以及韩玉敏老师的感情。这两封情书是邵老师生前和韩玉敏老师商量后决定放在我身边收藏的。这次也是得到了韩玉敏老师的允许才公之于众的。平心而论，邵滨孙老师的晚年如果没有韩玉敏老师那要灰暗得多。韩玉敏老师的率真、活泼、善良、周到，是邵滨孙老师每次在我面前都赞叹不已的。

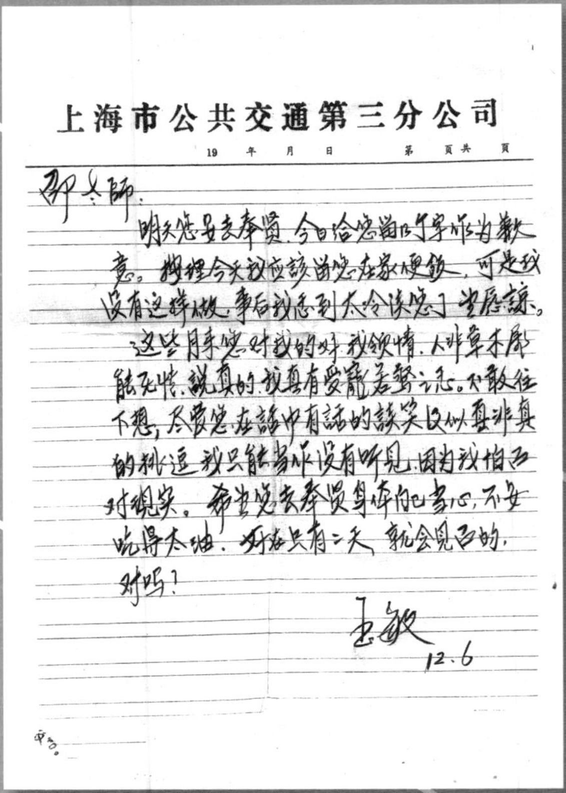

上海市公共交通第三分公司

19 年 月 日 第 页共 页

邵老師：

明天您要去奉贤，今日给您留几个字以示歉意。按理今天我应該留您在家便飯，可是我没有这样做，事后我感到太冷淡您了，望原諒。

这些月来您对我的好，我领情，人非草木孰能无情。説真的，我真有受寵若驚之感。不敢往下想，尽管您在談話中有話的談笑以似真非真的挑逗，我只能当作没有听見，因为我怕面对现实。希望您去奉贤身体自己当心，不要吃得太油。好在只有二天，就会见面的，对吗？

玉敏
12.6

鸿雁传书——韩玉敏给邵滨孙的信

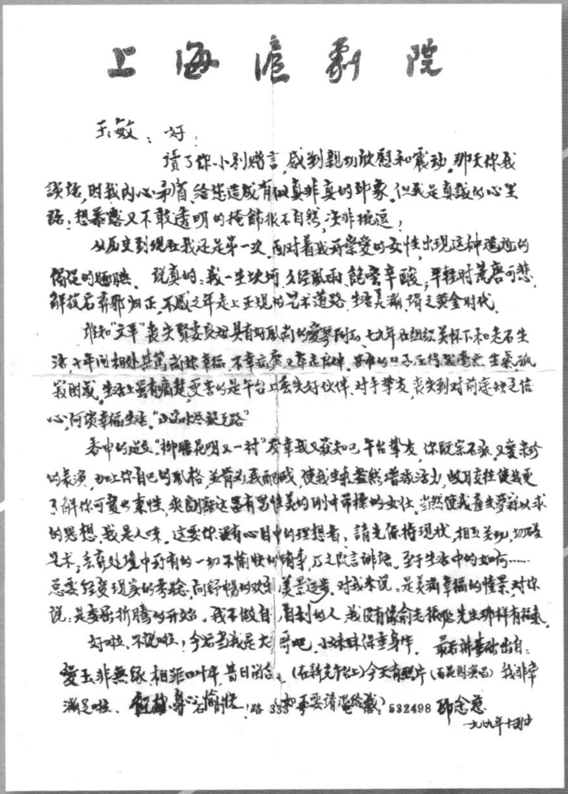

上海滬劇院

玉敏：好！

讀了你小別贈言，感到親切欣慰和震動。那天你我談話，因我內心矛盾，給您造成有似真非真的印象。但我是真誠的心里話，想吐露又不敢透明的掩飾很不自然，決非挑逗！

從歷史到現在我還是第一次，面對着我所崇愛的女性，出現這種進退的[illegible]促的尷尬。說真的：我一生坎坷，久經風雨，飽嘗辛酸；早歲時荒唐可悲，解放后棄邪歸正，不惑之年走上正規的藝術道路，生活美滿，進入黃金時代。

誰知"文革"喪失賢妻良母具有好風尚的愛琴阿[illegible]、七九年在組織關懷下和老石生活，十年間相處甚篤，尚称幸福，不幸病魔又奪走伴侶。剩下的日子過得淒涼，生氣孤寂困惑，生活上還有痛楚，更害的是舞台上丟失好伙伴、好手摯友，喪失到對前途缺乏信心，何談幸福生活，"山窮水盡疑无路"。

春中的近支"柳暗花明又一村"，慶幸我又獲知己、舞台摯友。你既崇[illegible]，又愛我的表演，加上你自己的風格，並肩刀義而戰，使我生氣盎然，增添活力，故相交往使我更了解你可愛的素性，[illegible]這是有男性美的巾幗英雄的女性，當然使我產生夢寐以求的思想，我是人嘛。這要你還有心目中的理想者，請先保持現狀，相互关切，切磋藝術，去除處境中所有的一切不愉快的瑣事，乃至流言誹語。至于生活中的如何……總要經受現實的考驗，向舒暢的歡[illegible]美景邁步。對我來說，是美滿幸福的憧景，對你說：是受委屈折騰的開始。我不做自私自利的人，我沒有像俞老振飛先生那樣有福氣。

好啦，不說啦！今后當我是大哥吧，小妹妹保重身体。最后講幾句出自：

愛玉非無緣，相距四十年，昔日結合（在新光舞台上）今天有照片（百花園演出）我非常滿足啦、飽嚐鼻心之愉快！路 333（如不要請退給我）532498 邵念慈

一九九年十月廿

鸿雁传书——邵滨孙给韩玉敏的回信

邵老师的前列腺炎非常严重，导致尿道管堵塞不能正常解手，所以他经常要去华东医院接受治疗。韩老师日夜陪伴在邵老师身边，细心呵护，承担起了照顾邵老师的重任。尿道管堵住就必须要插管子，插导尿管很痛，有时候韩老师在帮邵老师换管子的时候弄痛了他，他就会大发雷霆（邵老师是个性情中人，又因为做惯了老大，说发火就发火）。但韩老师非但没有半句怨言，反而更加仔细认真地照顾邵老师。韩老师的这份包容令邵老师为之动容。后来我问韩老师为何会这么照顾邵阿爹并包容邵阿爹的坏脾气？“因为我喜欢他。”韩老师微笑着回答我，“我从小就开始听邵老师的戏，非常崇拜他，他一直是我心目中的偶像，我非常地尊敬他。我俩有缘能在晚年结为夫妻，照顾他、包容他是我应该做的。”韩老师的一番话深深地打动了我，古话说：一夜夫妻百日恩。至今每当韩老师谈起我的邵阿爹都会尊敬地称他为邵老师。

之前提到他们两个的结合我是一清二楚的，各位是不是认为这一清二楚就是指那两封情书。其实不对。有一年，春申沪剧团在瑞金剧场演出《抢亲奇缘》。当时的我只是一个跑龙套的。我提早到了剧场，乘没人的时候准备在服装间小憩一会儿，由于我块头小（那时候我身材很标准），服装间灯光昏暗且有许多道具，随便一藏别人很难发现。正当我睡到迷迷糊糊

舒悦和韩玉敏合影

邵滨孙（左）、韩玉敏（右）《庵堂相会》选段《看龙舟》剧照

之时，不远处传来一个亲切的声音：“宝贝（邵阿爹对韩老师的爱称）。”我一下子惊醒，这不是邵阿爹的声音吗？我赶紧竖起耳朵继续听：“宝贝，我为你剥了个橘子，你吃一片吧，你看呀，我把老根都剥掉了。”韩老师低下头说了一句：“我不吃，要么你……”“来，我喂你吃，很甜的。”只见邵老师一只手挽住韩老师，另一只手拿着一片橘子送到韩老师嘴边。韩老师边吃橘子边说：“当心点，不要被别人看见了。”邵老师环顾四周说道：“怕啥，此地现在连鬼都不会有一只。”见到两位老师如此这般恩爱，我实在是忍不住了，邵老师话音刚落，我便噗的一声笑了出来。邵老师挽着韩老师的手马上松开，橘子也掉落在地上。两位老师闻声走过来看到了我，韩老师顶了一下邵老师的胳膊说道：“你还说鬼都没有，看看，这里就有一只小鬼。”

韩老师的活泼奔放为邵阿爹的晚年增加了不少情趣。有一次，我们沪剧界的八位老先生（王盘声、邵滨孙、杨飞飞、赵春芳、王雅琴、小筱月珍、汪秀英、韩玉敏）带着一众小辈坐面包车去岱山（舟山群岛里的一个小岛）游玩。坐在面包车上，因为路面不平，车子颠簸了一下，韩老师顺势跳在了邵老师的腿上，依偎在他的怀里说道：“哦哟，一个‘弹簧屁股’。”我们众人心中窃喜，不约而同地相视一笑，我心想：韩老师又在和邵老师发嗲了。后面的路程出乎意料的平坦，但是韩老师并没有闲着，她一路上竟然出现了三十几个“弹簧屁股”。

不知不觉中，车已经开到了目的地，邵老师看见一望无际、碧波荡漾的大海，显得格外地兴奋，一下车，他就兴冲冲地去游泳了。只见邵老师脱掉了衣服，仅穿了一条阿罗裤，迫不及待地跳进海水中。阿罗裤是前面系带后面宽松，它经不起海水的冲击。正当他游完想要回到岸边时，只见自己的裤子漂在海面上，他上不了岸了！此时在海里的邵老师挥着手对坐在岸边的韩老师喊道：“宝贝，我回不来了，我的衬裤漂掉了。”韩老师还没来得及反应，身旁的王盘声老师一边笑一边脱下自己的衬衣，并对海里的邵老师喊道：“老邵，你的衬裤漂掉，还有我的衬衣，你上来，我用衬衣把你裹住。”等邵老师上岸后，王老师拿衬衣让邵老师围上，用袖管在后面打了个结。此时周围众人早已笑得合不拢嘴，只见邵老师面不改色地说道：“前面可以看，后面不要乱看。”我们问他后面有啥？他回答道：“后面是南朝鲜北朝鲜，中间一条三八线！”

每每想到这些事情，我都会笑起来。但是回过头仔细想想，邵阿爹已经离我们远去了，我对他更有着无限的哀思。非但是我，每次韩玉敏老师遇到我，都会和我谈起邵阿爹。我模仿邵阿爹的腔调非常像，经常能够以假乱真，我知道韩老师虽然嘴上不说，但是心里是非常希望我能在她面前模仿一下邵老师的音容笑貌。所以我时常会半开玩笑地在韩老师面前模仿几句。这里面包含着我们对邵老师的思念，斯人虽已乘黄鹤而去，此地却

舒悦（右）模仿邵滨孙，与韩玉敏（左）一起演出《庵堂相会》选段《看龙舟》，舒悦的模仿入木三分、惟妙惟肖。

一九九二年，舒悦参加著名沪剧表演艺术家杨飞飞、赵春芳流派演唱会。

不会空余黄鹤楼。希望我的模仿能让韩老师觉得邵老师一直都陪伴在我们身边，未曾离开。愿邵老师能把自己的福气分一点给韩老师——这位陪伴他度过晚年并且悉心照顾他的老伴，让韩老师能够福如东海长流水，寿比南山不老松。

西江月

——邵老师过世时我为他写的一纸祭文

一夜雨倾盆，陨星坠落。万国九州念慈情（邵滨孙原名邵念慈），白日蓝天红旗扬，风骚独领。有古人来者？唯独滨孙。西方极乐世尊令，万佛接引邵老牌，端坐祥云。

徒孙舒悦哀祭邵滨孙祖公

二〇〇七年八月

看完“福星”邵滨孙老师，各位是不是迫不及待地想知道“乐星”和“寿星”是谁？他们是一对夫妻……对了，就是我们著名沪剧表演艺术家杨飞飞老师和赵春芳老师。杨飞飞老师是“乐星”，赵春芳老师则是“寿星”。有人问我这里我为啥是用“乐”而不是“禄”？因为杨飞飞老师过着并不富裕的生活，非常的平凡。每当我路过新闸路1039弄都会情不自禁地走进去看一看。这里面12号是一幢老式里弄房，当时杨飞飞、赵春芳老师就住在这儿。你们可以去看看，两位沪剧大家住的这所房子着实的简陋，楼梯是坏的，煤卫是合用的，但是“斯是陋室，惟吾德馨”。杨飞飞老师一生都是一个乐观主义者，她这种乐观主义决定了她的命运。杨老师太红了，以前共舞台唱戏，只要一挂杨飞飞老师的牌子，那些戏迷不管刮风下雨都要连夜排队买票，买票的队伍一直从延安路戏院门口排到云南路，从云南路再到宁海路，然后再转个弯到延安路，队伍就这样绕了一个大圈。她是连演连满的代表人物，可见杨派的魅力之大，这阵势丝毫不亚于如今的任何一位大牌歌星。在我看来，杨派是非常有女人味的，又很接地气，所以深受老百姓喜爱。

赵老师年长于杨老师，经常会教杨老师唱腔。但杨老师并没有因为自己很红而不尊重赵老师，反而互相尊敬，相濡以沫，家里的大事小事，一切都以赵老师为主，所以赵老师的寿命非常长，一直活到了九十一岁寿终正寝。赵老师出门总是手上戴着金戒指，脖子上挂着金项链，衣着光鲜亮丽，其实赵老师身上是没什么钱的，因为杨老师管得紧，不允许他有私房钱，所以用赵老师的话讲，他把一家一档全部带在了身上。俗话说树大招风，有一日赵老师就吃到苦头了。这天他拿着躺椅坐到了院子里纳凉，因为他的金戒指、金项链太显眼了，招来了骗子，以倒卖邮票为由把赵老师的一家一档骗了个精光。搿记（这下）赵老师傻眼了，一蹶不振了很久。他碍于面子，所以后来每当他和别人说起这件事时，总会说当时骗子给他抽了一根烟，不知道这香烟里加了啥东西，弄得他迷迷糊糊的才会上当。直到后来有一次赵老师才悄悄地和我说："悦悦啊，实际上当时根本没啥香烟，是我自己太寿（此处的寿为上海方言，傻傻的意思）了。"哈哈，你们想想赵老师这位"寿星"是不是当之无愧啊。

让我们再回来说说杨飞飞老师，在杨飞飞老师光鲜亮丽的背后，其实她身上的担子是非常重的。她的父母、哥哥、姐姐、弟弟、妹妹还有一众儿女都要靠老先生唱戏赚钱来养。但是杨老师巾帼不让须眉，天塌下来当被子盖着。她的乐观主义令我非常佩服。杨老师四十八岁时被查出患有子宫癌，这对于一个人来说天都塌了。她的家人、赵老师包括喜爱她的戏迷听到消息后都哭了。但是杨老师不为所动，她照样整天哈哈笑。小笼包、生煎馒头、大饼油条这些高油脂食物照样吃着。她以乐观的心态来配合医生治疗，结果癌细胞居然死在了她身上，她赢得了这场人生的博弈。而且在以后的日子里杨老师的身体一直非常健康，活到近九十岁驾鹤归西。

我和杨老师的关系非常好，感情很深很深。有次参加节目，我说我是杨迷，杨老师马上说道："我是悦迷。"我们两个是忘年交，杨老师欣赏我，我欣赏杨老师。后来有几次演出我为杨老师作词谱曲，并为她拉胡琴伴奏。杨老师喜欢我替她拉琴，因为我懂她的唱腔，能够体会杨派独有的那种韵味。有一次杨老师找我去崇明替她拉琴，晚上我们住的是五星级宾馆，拿完房间钥匙杨老师问我："小鬼，现在几点了？"我把时间告诉了她，她继续说道："这墙上挂着这么多钟，没一个准的（酒店大堂上挂着的钟显示着世界各地的时间）。"听到这话，周围的人都笑了，我却笑不出来，

舒悦与著名沪剧表演艺术家杨飞飞（右）、赵春芳（左）夫妇合影

望着眼前这位老人，我不禁感到心酸，甚至非常地怜惜她，她没有时间像普通人那样出去游山玩水，她把她的一生都奉献给了沪剧。当浮华散尽，褪去身上的光环，其实她就是一个平凡的家庭主妇，贤妻良母。

二〇一二年五月二十一日，杨老师走完了她的一生，至今已经三年多了。每一年的五月二十一日，我都会去她的福寿园做周年，作为我对她的缅怀和思念。杨老师生前和我说："我这个人，平时吃的很简单，没有啥鲍鱼鱼翅燕窝，做人最重要的就是开心，我不求别的，只要有两只六月黄吃吃就心满意足了（六月黄就是螃蟹）。"说起六月黄，有一件事情我至今记忆犹新。记得一九八九年我生了一场病，在家休养了三个月。有一天，正当我如往常一样在床上躺着时，只听见门外楼梯上一阵缓慢的脚步声，我立马下床开门，一看傻眼了，正是杨飞飞老师和赵春芳老师，两位老人步履蹒跚地从楼下走上来。唰的一下，我的眼泪就流了下来，要知道我家是老房子，而且我住在三楼，楼梯非常破旧，又很陡，平时我爬楼梯都要慢慢地扶住把手花费许多精力，上面又布满灰尘和蜘蛛网。看到我后，杨老师开口说道："悦悦，你们家的楼梯真难走啊，像二万五千里长征。"说完她用手擦了擦头发上的灰尘继续说道："乖囡，好点了吗，这是我给你烧的六月黄，吃了对身体好，很有营养的。”我擦拭了一下眼泪，赶紧扶住两位老师，把他们请进了家门。两个六七十岁的老人，为了看望我一个小辈，不惜辛苦大老远跑来，还把最钟爱的东西亲手带给我吃。饮水思源不忘本，所以每次我去杨老师坟前扫墓都会带上她最爱的六月黄。在杨老师去世两周年的时候，我为她写了一首唱词《念飞辞》，用的是平凡的杨派唱腔：“杨老师你离开我们两年整，我是日思夜想欲断魂，杨派的旋律真动听，杨派的表演又入木三分，我们大家都想念你，天上人间，心连心情连情，永不分。”现在我只能把唱词写出来，以后有机会亲自唱给各位听听。

福如老大邵滨孙，乐似人间杨飞飞，寿比寿星赵春芳。愿三位老前辈能够保佑我们沪剧事业蓬勃发展，把他们的“福”“乐”“寿”传给一代又一代的沪剧人。

第四回

滑稽路上“三王记”

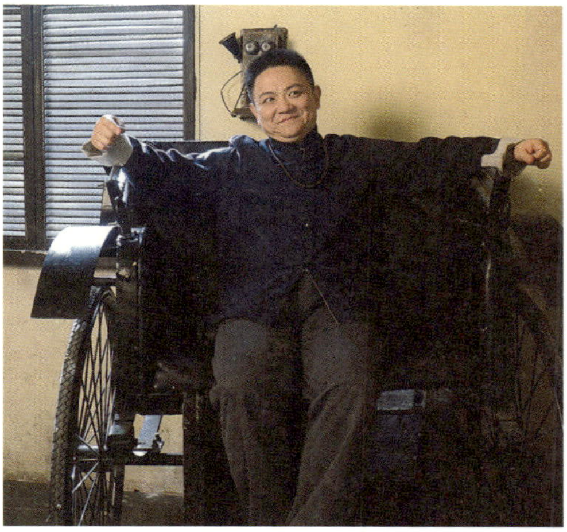

正是有了“救命王”“吉祥王”“噱头王”这三位先生孜孜不倦的教导，才会有我舒悦今天在滑稽界所取得的成就。这份“救命”，这份“吉祥”，这份“噱头”，我会好好地把它们传递下去，愿我的恩师王汝刚，身体健康、吉祥如意、福寿康宁、长命百岁。愿我的启蒙老师王辉荃和不可或缺的老师王双柏在天国永远安详，洒遍人间都是笑。

大家都知道我最初学的是沪剧，后来才去唱滑稽的，在我的滑稽道路上有三位王姓老先生对我的帮助非常之大，我把他们称为“三王记”。注意，此“三王记”非彼“三黄鸡”，我也并不是不尊重这三位老师，称为“三王记”是有原因的：一、三位老先生全姓王，他们全部是滑而有稽之人；二、我这一生都会记住这三位老先生对我的帮助。没错，这三位老师就是王辉荃、王汝刚、王双柏。通过我平时和他们的相处，我又给三位王老师各自封了个名头，“救命王”王辉荃，“吉祥王”王汝刚，“噱头王”王双柏。有很多人要问为什么要起这么几个名头，别急，听我细细道来。

先从“救命王”王辉荃老师说起。“救命王”顾名思义就是救了我“命”的，而王老师正是在我人生最关键的那几步路上救了我的“命”（艺术生命）。其实我最早涉足滑稽事业就是王辉荃老师引领我的，不知道你们还记不记得，在情景喜剧《老娘舅和他的邻居们》里，有一个在咖啡吧工作的小伙子阿明，这个人就是我演的。当时的我还在沪剧院跑龙套，工资非常微薄，根本没有接触过滑稽，俗话说隔行如隔山，我们唱沪剧的人都有沪剧腔，而滑稽不同，要自然洒脱。况且能演这个角色的滑稽演员有很多，但是王老师却说：“悦悦，你来演，我们这个是情景剧，要的是真实，我就希望有这么一个不唱滑稽的人来演。”结果我一个默默无闻的人第一次走上了镜头。可惜虽然我有点儿灵气，但毕竟也不是那么出彩。不过我能跟着王老师学习，并且有时还可以和同剧组的老艺术家，例如李九松老师、嫩娘老师讨教知识，我也就心满意足了。真正地让我对王老师的了解更加深入并让我敬佩他，是从另外一个情景剧《新上海屋檐下》开始。当时我已经从唱沪剧开始转作曲，沪剧《董梅卿》的导演陈薪伊对我说：“你其实不用学作曲的，你可以去学导演。”这话传到王老师耳边，没想到过几天王老师真的给我机会让我去试试看做导演。我唱不来滑稽，王老师却让我去演滑稽。我做不来导演，王老师竟又让我去做导演。这一天王老师打电话给我：“小鬼，你来做我们剧组的副导演，你姓舒，现在又是夏天，你正好是‘下水道’（上海话，普通话翻为夏舒导）。”其实我知道，王老师是我去让学本事的，当时的我就是一张白纸，他就是画家，通过他鬼斧神工般的画技，让我能够成为一幅出彩的画卷。

后来因为种种原因离开沪剧院，直到我去滑稽剧团工作，当中工龄断了一年零八个月，那期间我就是一个待业青年，整天呆在家里无所事事，我的母亲看不下去了，她打了我一记耳光并告知我必须出去找工作，而且每个月必须给她四百元钱当作家用补贴。其实我知道她是恨铁不成钢，忍痛割爱。于是我便踏上了漫漫找工作之路，我的口袋里只有五十元外加一包飞马牌香烟，我心想茫茫人海我能去哪？在我走投无路之际我又去找王老师，我告诉他生活发生了问题，我失去了工作，但是我一个月又要交四百元给我母亲。这个时候“救命王”又来了，他对我说：“小鬼，我这儿导演已经有了（我之前因为别的原因没在《新上海屋檐下》继续做副导演），这样吧，你来做演员，我一个月叫你来拍两集，一集四百块，两集八百块，赚钱是一方面，更重要的是我相信你能演得好。”王老师的这一

“救命王”王辉荃

番话就如久旱以后的甘霖，直接滴进了我的心里，泪水瞬间湿透了我的眼眶，当时这八百块就是及时雨啊。

王老师思路敏捷，博学多才，上知天文，下知地理，最让我佩服的是，他能妙手回春，有时候遇到很烂的本子，拍戏拍不下去了，王老师就会站出来，他会把烂本子删掉，直接按照他的思路来拍，他说一句我们拍一句，再差的本子被他一改就可以脱胎换骨，焕然一新，这就是所谓的“幕标致”，说到哪里演到哪里。后来我才知道，我们戏曲喜剧的根源就是幕，没有了幕就好比失魂落魄的人。所以，周柏春老师很喜欢王辉荃老师，说他可以统领江浙沪三地滑稽演员，王辉荃老师正是周老师的得意门生。在苏州滑稽剧团，王辉荃老师可以说是他们一众滑稽人的信仰，他所编排的《一二三，起步走》《玄都求雨》，每一部都是获奖作品。更夸张的是，王老师去世后，苏州滑稽剧团只要在排戏时遇上困难排不下去了，就会拿出王老师的遗像摆在正中央，希望王老师能够给他们灵感。一九九四年的《海上第一家》汇聚了当时上海滑稽界老中青三代四十多位演员以及江浙一带的滑稽明星。它是滑稽界的经典辉煌之作，至今无法被超越，而这部戏的编剧、导演就是王辉荃老师。王老师经常笑称自己是一流的编剧、二流的导演、三流的演员，其实照我看来并不然，当一个演员去做了导演，他们之间的位置关系就产生了变化，前者是管住自己，后者则要关系到一大片的人，人的思路一共就只有这点，分散开来难免会有顾及不到的地方，做了演员就要放弃导演之位，反之做了导演就要放弃演员的身份。但其实王老师的演戏水平非常之高，如果他认真去演，比得上他的没几个。当时有部滑稽戏叫《啼笑因缘》，王老师在里面演刘将军。看过这部戏的人都认为这个刘将军任何剧种都没人能演得过他。

所以现如今我身上这些本事都是从他那儿学的，于是乎我排出来写出来的戏都会不约而同地有王老师的影子。王老师告诉我："悦悦，滑稽是需要节奏的，节奏就是滑稽的灵魂，任何戏曲曲艺都要有节奏，戏剧学院的重要课程就是'要命的节奏'，为啥？因为节奏决定着一切。"

后来我知道王老师其实救了很多人的"命"，但他救"命"救得太多，自己却倒下了，旅途的奔波，生活的压力、负担，导致王老师患上了心脏病，但他自己却并不知情。为啥？他家门口的一滴血检查害了他。因为王老师忙，没时间去医院检查身体，有天在他家小区门口正好有人在做一点血就能验出身体状况的检查，王老师就去测了一下，结果显示王老师的身体很健康，他就轻易地相信了。直到有一天他去萧山排戏，当时他先在嘉兴演出，然后连夜赶赴萧山，到达时已经凌晨两三点了，他睡了一觉，早上七点就起来了，八点钟他帮浙江曲艺团排戏，排了整整一天的戏，又是说又是构思又是示范，他一天只吃了一块排骨、一个酱蛋，排到晚上九点，他忽然觉得自己胸闷，饭都没吃，就准备回去睡觉，当走到宾馆门口时他就倒下了，众人马上把他送到医院，结果大面积的心肌梗塞，医治无效，不幸与世长辞。当我们知道这个情况时，都赶到了龙华火葬场去接萧山来的灵车，看到王老师这样的一位滑稽统帅被人从灵车里抬出来，我欲哭无泪，我对自己说他怎么就这么走了，他没死，这一切都太突然了，我记得那一天是二〇〇二年十一月二十四日。

当这一噩耗传来，滑稽界一下子大乱了，滑稽统帅没了，滑稽界群龙无首了，别的不说，《新上海屋檐下》总导演没了，全剧组的人都乱了，后来因为一下子定不下谁当导演，剧组的人找到我，他们这么多日子和我接触下来，觉得我有点像王老师，所以让我去救火，总导演是姚明德，我做助理导演，这冥冥之中又是王老师帮了我。说来也巧，王老师去世前一个礼拜打电话给我："喂，小鬼，你在干嘛？"我回答："王老师，我在玩。"他说："小鬼，你还在玩啊。天将降大任于斯人也，必先苦其心志，劳其筋骨，饿其体肤。我现在吃力了，上海的情景剧、舞台剧，以后我都要交给你，你不要让我失望，我和你的一众师兄弟说过了，舒悦这个小孩，以后将会是你们之间最有出息的一个。"

如今回想起这些，我的心中依然无法平静下来，王辉荃老师就是我的"救命王菩萨"，所以每当我发生啥好事坏事烦心事，我都会去他在福寿园的墓地，坐在墓边向他倾诉。王辉荃先生是我没磕过头拜过的老师，他给予我的那些本事、那些知识却丝毫不亚于其他老师，他让我从一张白纸

变成了如今丰富多彩的“书画大作”。无奈天妒英才，王老师早早地离开了我，既相逢，却匆匆，他的举止言谈和他一身的本事将永远地留在我的心中。

“三王记”的第二王就是我的恩师王汝刚老师，我和王老师就是一个字：缘。因为我们两个有缘分，我们都是随遇而安、随缘而安的人，平安了以后才能吉祥如意，于是乎王老师就是我的“吉祥王”。我小的时候学习成绩不太好，所以重点中学和我是没有缘分的。现在人家问我，你当时初中读了什么学校，我都会告诉他们我直接上的戏校，没上初中，其实我当时考上了一所中学名叫红光中学，这个红光中学在当时世人的眼里是“垃圾中学”（其实我就读的时候觉得并不是世人说的那样），所以我一直不好意思告诉别人。后来我才了解到，其实红光中学出过一位“大亨”，就是我们著名滑稽艺术家，我的恩师王汝刚老师。整个滑稽界就我们两个人在红光中学读过书，缘分啊，这就是人们常说的“有种出种”吧。滑稽王小毛在上海可谓是赫赫有名，我和王汝刚老师的相识是通过我的沪剧老师孙徐春。上海滑稽界人才辈出，可我对王汝刚老师和李九松老师的独脚戏却情有独钟，它诙谐幽默，又十分地接地气。王老师和我可以说天生骨子里就存在着一种女人味，

舒悦和恩师王汝刚在江苏千灯拍摄《上海阿婆》系列剧（一）

因为我们都长了一张老太婆脸。上海阿婆大家都知道，没错，我就是学的他，可以说是入目三分，这就是缘分。我们有一个共同的爱好，就是吃。但不是吃山珍海味、鲍参翅肚，我们都喜欢吃烤子鱼、葱油鸡、芝麻饼。我和王老师一起出去，从来不用谁去附和谁，往往都是不谋而合，不用说话就能知道对方在想啥。我们吃的、用的、旅游参观的都是平民化的东西。我俩时常会去听老年人唱评弹，一边听一边说，有一次我俩聊得正欢，前面一位老伯听不下去了，他转过头来说："不要再说了，吵死了。"王老师给我做了个鬼脸，随后说道："这位老伯伯不懂评弹，评弹评弹就是要一边评论一边谈话的。"

其实一开始我是排斥滑稽的，我觉得唱滑稽油头滑嘴不好，我们沪剧王派邵派多好，有腔有调。还记得王汝刚老师和我说："小鬼，你唱沪剧没花头的，来唱滑稽吧。"也许是因为我排斥滑稽，亦或是和王老师这句话赌气，我回他道："我就喜欢唱沪剧，就算沪剧院只有一把扫帚，我也要留下来当个扫地的。"王老师笑了笑，告诉我："你留在沪剧院再好也是这个。"说着他竖起了无名指。"如果你唱滑稽就是这个（竖起食指），弄不好你就是这个（翘起大拇指）。"所以，满口饭能吃，满口的话却不能说，后来我自己打自己脸，真的进了滑稽剧团，开始唱起了滑稽。

我进滑稽剧团是有原因的，二〇〇三年有一部滑稽贺岁剧《小康年话》，这部戏由四个小戏组成，其中一个小戏的主角本来是由王浩来演，可是王浩生病了，搿记导演秦雷慌了，手足无措，走投无路。王老师当时在戏里是客串的，他见状就对秦雷说："你傻哇，沪剧界有个舒悦的，我觉得他肯定可以的。"于是导演就决定让我上了，结果出乎意料，也许是因为观众对我新鲜感十足，我的这个角色很受观众喜爱，您说吉祥吗？吉祥的事还在后面呢。这一天，我们的老领导、时任上海市人大常委会主任龚学平同志正好在下面看戏，当谢幕的时候，他走上来问我："你是滑稽剧团的吗？"我回答说："我是个待业青年。"听完我的回答他说："吴孝明（时任上海滑稽剧团团长），这个小孩蛮好的，他是块唱滑稽的料，他现在正好空着，你们滑稽剧团想办法把这个人才引进。"王汝刚的推荐，龚学平的慧眼，吴孝明的招贤，使我这个"无家可归"的人找到了组织，我有"家"去了。

写到这里我不得不多提两句我一生中的贵人和伯乐，他就是龚学平老师。至今为止，可以说我们《嘎讪胡》节目的成功也离不开龚学平老师对我的悉心栽培。但是最可贵的在于他不是以领导身份，而是以老师身份来关心我，教导我。当《嘎讪胡》栏目从晚上六点到六点半改扩版为晚上六点五十七分到七点五十七分，说实话我遇上了瓶颈。我去找龚老师，请求龚老师的指导，这时他告诉我："我这儿有很多书你肯定派得上用场，你把它们拿去。"于是我就去拿了，居然整整有一后备车箱的书。回到家我便开始翻阅起来，到现在结合《嘎讪胡》，本本用得上。阿姨们夸我的养生秘诀好，夸我说的偏方好，都是他的书里来的。最令我难忘的是，有一次龚老师打电话给我，叫我在一个地方等他，他要给我书，当我赶到那儿时，

舒悦向伯乐、恩师龚学平献花

上海市老领导龚学平参加舒悦、张宇峰结婚仪式

LOCK

没想到龚老师是走过来的，只见他左右手都拎着两捆书，足足有二十多斤，我赶紧走上前去接过他手里的书。龚老师微笑着说道：“我家就在附近，不用再麻烦司机同志送我了，我就当锻炼身体，这些书不错，你可以看看，也许《嘎讪胡》用得着。”看着这位老人手被绳子勒出的深深痕印，我心中顿时五味杂陈，望着眼前这位老领导，许久说不出话来。我对他说：“龚老师，真是非常感谢你，你就是我的伯乐啊。”然而龚老师却回答我：“小鬼，我这是爱才，你是个有才的人，我们韩正书记说过聚集天下英才而用之，只要是有才能，社会各方面都要去用，再说你先生王汝刚也是人才，你可以去问问他，我也是这么关心他的。”的确，龚学平老师关心了我们师徒两代人，这也是我和王汝刚老师之间的缘分。

佛学、儒学、道学是我和王老师谈论最多的三个学派，我俩喜欢参观寺庙道馆，并且和宗教界人士有着密切的往来，通过和名僧高道的交谈，我们可以学到许多东西，王老师对佛学、儒学、道学有着他自己独特的见解。佛——寒山问拾得：世间有人谤我、欺我、辱我、笑我、轻我、贱我、恶我、骗我，如何处治乎？拾得曰：只是忍他、让他、由他、避他、耐他、敬他，不要理他，再待几年你且看他。王老师告诉我，其实滑稽艺术就谈怎么做人，枪打出头鸟，我们是站在风口浪尖上的，你不要理会别人怎么说，你是为了取悦于民，而不是为了取悦自己。儒——子贡问孔子：先生何为士也。子曰：能用自己的良知来约束自己的行为，能孝顺，能知耻的就是士。道——《道德经》中的德，上德不德，是以有德；下德不失德，是以无德。

上德无为而无以为，下德无为而有以为。上仁为之而无以为，上义为之而有以为。可见真正有德行的人，是不必标榜自己的，而德行不足，又想故做有德样者，就必须用作秀来标榜自己了。这三派中所体现出来的精神都是现今社会的正能量，我们其实就是要领悟其中做人做事的道理，融入在我们的滑稽语言中，用我们的语言形式来唤醒苦海之中的迷路人。

学生见到老师觉得吉祥，老师见到学生觉得如意，教学生先要教做人，怎么教，如何去教，这不是上上课就可以的，要通过日常中的闲谈交流，并且老师以身作则，身体力行地去做，王汝刚老师就是这么一个人，所以他才会把吉祥带给学生。

提起《老娘舅》里的王伯伯（王双柏），大家肯定不会陌生，不说红遍大江南北，在上海也算是家喻户晓，我至今没有想通，这样一个乐天派的人，虽然年逾耄耋但身体很好，怎么说走就走了呢，实在是可惜。王老师住在杭州，每周都要到上海排戏，他有时候开玩笑地说他为沪杭铁路做了巨大的贡献，在沪杭铁路动车或者高铁上，不仅乘客都认识他了，就连在杭州东站和上海南站要饭的叫花子都认识他，有时他想给叫花子一块钱，人家叫花子回答他，

舒悦和恩师王汝刚在江苏千灯拍摄《上海阿婆》系列剧（二）

滑稽表演艺术家王双柏参加舒悦、张宇峰婚礼

老伯伯你别给了，你“光顾了”这么多次，我都已经认识你了。这么大岁数的一个人，在上海租了一套很简陋的房子，吃的又不好，常常是吃泡饭配酱菜，酱菜这东西是不能多吃的。当噩耗传来，我心里一惊，唉，我又失去一位好老师。有人要说了，这小鬼怎么又多了一个老师。其实王双柏老师是我台下不可缺少的好老师，我有很多噱头是从他那儿批发过来的，他是我们滑稽界有名的“噱头王”。王老师活到老学到老，他毕生都在积累噱头，走到哪都拿着一本本子，遇上好的噱头，他便不耻下问记下来。粗略估算一下，他一共积累了五百多个噱头，这些噱头全都传给我了。他非常信任我，我和他说得好听点是忘年交，说得不好听就是没规没矩。王双柏老师是性情中人，想发火就发火，但是这火发起来快，好起来也就更快了。他发火的时候一个噱头都没有，但是一旦发完火好起来了，那么你就会被铺天盖地的噱头所淹没。别的不说，当他得了胃癌住在医院里治疗的时候，隔壁床位住一个丹阳人，两人就这样相处了半个月，结果王老师和他女儿说：“你爸爸要是再住一个礼拜，丹阳话都能学得很好了。”可见王老师的思路和别人比是多么不一样。在滑稽界王老师负责生产噱头，我们则负责经营噱头，这就是他“噱头王”的由来。有好几次，我们在一起排戏，王老师的戏已经排完了可以走了，可是我们却让他留下来，因为我们要靠他的噱头来为戏添油加醋。我现在在外面经常演出的用绍兴话唱《妈妈的吻》，还有就是各地戏曲连唱《为你打开一扇窗》，都是王老师教我的，我凭这几个节目在外面赚了不少的人气与掌声。王老师常常笑着问我："小鬼，你拿着我的噱头赚了这么多，怎么就不给我点回扣啊？"所以我时常会请王老师吃饭，外面有演出我也会叫上王老师让他托托我，赚点小钱，开心开心。但是有时候我俩也会有分歧争吵的时候，这是为什么呢？因为我嫌他小气，然而他却嫌我浪费。其实后来我才知道王双柏老师家里负担重，但是一般人看不出来的，因为他永远都是嘻嘻哈哈的。多少人劝他不要唱滑稽了，这么大年纪了，身体要紧，但他还是不肯罢休，一则为了生计，二则他是因为喜欢。别看他是八十多岁的老人了，但是脑子却好得不得了，普通人完全弄不过他。

王老师的噱头大多来源于生活。有一次他从杭州赶到上海，回到租住的房子时，看到邻居都在装防盗门。邻居们见到他就想说服他叫他也装一扇，因为小偷多，防盗门能保障安全，可他就是没装。第二天当他排完戏回到家时，见到邻居都在楼下，警察也来了，一问才知道原来家家户户都遭小偷光顾了，防盗门都被撬开了。王老师想这下完了，人家装了防盗门都被小偷撬开了，我防盗门没装，肯定被偷得老鼠都不剩一只了。"哎呀！"一声，他健步如飞奔上楼去，他家住在六楼，由于他迫切的心情，所以就两步三步楼梯这么迈着上楼，就算裤裆破了他也顾不上了。到了楼上后一看，他惊呆了，家里的门完好无损，但是门上却粘着一张纸，纸后面贴着五十元钱，纸上写着四句话：不设防盗，肯定下岗，送你五十，买个蹄髈。

还有一次有一家人家结婚请王老师去演出助兴（唱一场三千元）。他从杭州赶到上海，火车晚点了，当时他已经迟到了二十分钟，他奔啊奔地走着，好不容易到了门口，一进门一群人就围了上来说：“哎呀，王老师来了，王伯伯来了。”王老师脱口而出：“麻烦你，我是来演出的。”众人雀跃：“王老师来演出了！”说着就把他推进去了。因为他迟到了，所以这场演出他唱得格外卖力，挥汗如雨。当他演完准备等劳务费时，却迟迟没有人来给他。这时他灵机一动，就告诉主人他有事要先走，其实他是在暗示主人，可以结账了，没想到主人倒好，完全不接翎子（领会对方的暗示），反而还笑呵呵地说：“王老师走了啊，我送你。”就算到了门口也丝毫没有要给钱的意思，犟记王老师忍不住了，他直接问：“我的演出费问啥人结……？”对方瞪起两只铜铃般的眼睛，支支吾吾地说：“啊，你要钞票的啊？”就在两人陷入窘迫之际，三楼下来了一个人，对着王老师大喊：“王伯伯，我们等你这么久了，你怎么才来呀？”大家这才恍然大悟，原来请王老师演出的是三楼的婚宴，他却在一楼“献爱心义演”了一场，最后王老师自嘲地说：“原来三千一场，现在三千块演了两场，变成一千五一场，身价都没了，年纪大了，是越来越不值钱了。”老马也有失前蹄的时候啊。王老师小气是出了名的，但是他却好面子，不肯承认他小气，他经常说：“你们不要认为我现在出来拍戏是为了钱，其实是以玩为主，我来来回回车钱都要花掉好多，我根本不在乎，我这是在做好事，这样我就能老有所乐，我晚上睡觉都舒服，钱是什么东西，钱身不带来死不带去啊，来的时候一根脐带，去的时候一根裤带！（随后一边说着一边摸裤子口袋，最后摸出来了一张发票）哎对了，今朝的车钿问啥人报？”

你说你们吃得消他吗？

至今王老师给我留下的资料都会令我在创作时思绪万千，他属马，我属老虎，我们两个人合在一起属于马马虎虎，但我觉得他是真心把我当成自己的学生，而在我的心里他也一直都是我的老师，只不过我们两个谁都没有点开来。如今王双柏老师已经去了天国，他希望我能把他留下的东西发扬光大，我想说，王老师您放心，您为滑稽事业积累的这些东西我不会让它们流失，我会让这些积累永远地为我们滑稽事业添砖加瓦。

正是有了“救命王”“吉祥王”“噱头王”这三位先生孜孜不倦的教导，才会有我舒悦今天在滑稽界所取得的成就。这份“救命”，这份“吉祥”，这份“噱头”，我会好好地把它们传递下去，愿我的恩师王汝刚，身体健康、吉祥如意、福寿康宁、长命百岁。愿我的启蒙老师王辉荃和不可或缺的老师王双柏在天国永远安详，洒遍人间都是笑。

第五回

书坛“活武松”

吴老师啊，您这样的人怎么会害我，您一直都是十分爱惜我啊。所以至今我每天都会怀念您，您的吴派艺术和我的《嘎讪胡》有异曲同工之妙，我会好好把吴派艺术运用下去并发扬光大。

从《嘎讪胡》节目开播到现在已经有三个年头了。每天晚上我都会坐在电视前看着电视里的自己，当初站着嘎讪胡的时候我也没察觉到什么，可到后来改版后有半小时是坐着讲故事的，我越来越觉得电视里的我举手投足之间非常像一个人，我说的话、我的神貌都折射着他的影子，这个人就是我们已故的评话艺术家吴君玉老师。所以，我的成功并非偶然，而是通过生活中不断的学习并积累，厚积薄发，但学习和积累并不是刻意的。一九九六年的一个晚上，我正在看电视，无意中看到戏剧频道在放《电视书场》，吴老师在说《李逵闹江州》，正好说到李逵探母。他一个人，一张嘴，一把扇子，在一个多小时里，又要说书，又要表演，还要一人扮演几个不同的角色。我深深地被吸引住了，接下来的日子里我天天都要听吴老师说书，同样的书要听好几回，我是越听越喜欢，越听越爱。我想这样的一位老先生，他的本事怎么这么大。我下定决心一定要认识这位老先生，就算让我去他家帮他拖地板我也心甘情愿。直到有一天机会来了，这天我去参加一个迎新春晚会，当我准备踏进后台休息室时我听到了一个熟悉的声音，不洪亮，却醇厚，虽沙哑，但软糯，且苍劲有力，而且整个休息室都是这个声音。我内心一颤，这不就是那个日夜陪伴我的声音吗？我顺着声音望去，看见一人，站立平地，一米七开外，生一张同字脸，两条剑眉高挑，双目炯炯有神，狮子鼻阔口，下颌没有胡须，这面孔生得漂亮（上海人叫漂亮，北京人叫美丽，外国人叫 Chinese gentleman），头戴一顶貂皮帽，身穿一件藏青色的开司米大衣，下身一条西裤，脚上一双皮鞋。

不是别人，就是我日思夜想，崇拜得五体投地，在我眼中前无古人后无来者的著名评话大师，江湖人称“江南活武松”的吴君玉。真是踏破铁鞋无觅处，得来全不费工夫。同志们，你们可知道，戏迷见到偶像，那种骨头没有三两重的心情是无法形容的，但我又望而却步，生怕自己会打扰到吴老师的高谈阔论。我环顾四周，希望有人能把我引荐给吴老师，可是一直等到最后，也没有来人。正当我心灰意冷之际，缘分来了，巧是巧啊，我居然在厕所里碰到了吴老师，我大喊一声：“吴老师好！”别看吴老师长得严肃，其实他是非常和蔼可亲的，他操着一口浓重的苏州话回答我：“倷好倷好。”大家知道，上厕所的时候是不能多说话不能多看的，可是此刻我已经顾不上了，我对吴老师说：“吴老师，我非常喜欢您说的书，您就是我的偶像啊！您能帮我签个名吗？”吴老师看着我，回答道：“倷个小囡倒蛮会挑时间的，签名可以的，但是我现在两个手没空啊。”吴老师接着问我：“倷是哪里的？”我告诉吴老师我是沪剧院的。听到我是沪剧院的，吴老师来劲了，他说：“你们沪剧院的王盘声老师，和我是好朋友……”就这样，我们两个你一句我一句地从厕所走到了休息室。我不想让我俩的对话就这么结束，于是我厚着脸皮，一屁股坐到了吴老师的旁边。后来在我三寸不烂之舌的七花八花下，终于拿到了吴君玉老师的电话号码，我是如获至宝，欣喜若狂。

之后的日子我会时常给吴老师打电话，等到后来熟悉了，我几乎每天都会去吴老师家，一个礼拜有五六天是在他家度过的，换了一般人早就开

始嫌烦了，甚至有时我自己都觉得自己烦，可是吴老师却并不这么认为，不光是他，连他的太太——我们著名的剧作家徐檬丹老师也从不嫌我烦，两位老师的真心相待，渐渐地让我忘记了自己的厚脸皮。我和吴老师谈来谈去都是在谈论说书，从他身上我学到了许多东西，俗话说台上一分钟台下十年功，台下的知识比台上丰富得多。如何把一件平淡无奇的事说得生动形象，把无趣说成有趣；如何去寻找说书的切入点，怎样把一件事扯着说出去，再寻找适当时机把它拉回来，把不合理的说成合理，这其实就是创作。当时我的水平属于牙牙学语的阶段，但懵懵懂懂之中，似乎也有些懂了。后来吴老师送了我十四盘 TDK 磁带，里面是吴君玉老师的经典评话作品《武松》，一共有十四回，从武松斗杀西门庆开始，再到后面血溅鸳鸯楼，武松夜走蜈蚣岭。我是爱不释手，一回到家便捧着录音机开始听起来，一下子就入迷了，我是天天听，日听夜听。到了吃饭的时候，为了节约时间我每次都只吃几块饼干，随即便继续陶醉在《武松》那曲折离奇的故事之中。这样的日子持续了很长一段时间，以至于后来我每次见到吴老师都觉得他是“武老师”。

我在书中前面几回提到我待业过一段时间，其实在待

著名评话大师吴君玉

业的日子里我去说过书。我记得是在松江的五库，有一家茶馆，看见茶馆的生意不太好，我就找到了老板和他说：“老板，反正你的茶馆一直空着，要不我来说书，你只需给我一个麦克风就可以了，一张门票收两元，我和你对半分，你放心，我说《武松》可是非常好的。”起初老板不肯答应，后来在我的软磨硬泡之下实在拗不过我了，便说先让我试试看。老板问我师从何门，也许是因为当时年轻胆子大，亦或者是因为我好面子，便大声地回答道：“吴君玉老师！”第二天我如约赶到茶馆，只见大堂中央挂着一块牌子，上面写着：吴君玉高足舒悦长篇评话《武松》。前面我一点也不慌，但看到这块牌子后我吓得汗都彪了出来，这是标准的“挂羊头卖狗肉”啊，三月十五日是要打假的啊。但是没办法，已经到这个地步了，伸头一刀缩头也是一刀。正当我准备上台时，老板却告知必须等到店里满十人之后才能开始说书，如果不满就取消，这句话就如当头一棒。但是没办法，我只好躲在侧幕看着店内的情况，终于，渐渐地来了九个人，我马上换好长衫静待着第十位客人的到来。此时来了一个老头，他左手拄着拐杖，右手拿着一个茶杯，走路就好比在走小碎步，只见他左顾右盼似乎是在寻找着什么。我心想：老伯伯这么大年纪来听我说书，真是不容易啊，呆会儿我一定卖力演出。忽然，这位老伯拿起拐杖指着前方，我顺势望去，发现是先前已经坐好的三位客人。随后老伯用他那标准的松江话说道：“老王、老李、老陈，我就知道你们在这儿，走走走，吾倪（我们）一道搓麻将去。”哎呀！这老伯不是来听说书的，是来找麻将搭子的啊，九个人一下子被他带走了三个！不过还好后来还是坐满了十个人，你别说，真正到上台之际我还是有些胆怯的，毕竟我是边听磁带边学的，依样画葫芦，稍有差池就会露馅。但我也管不了这么多了，长衫穿好，操着一口半生不熟的洋泾浜苏州话开始说了起来：“观众朋友大家好，我是舒悦，今天开始就由我来为大家戏说《武松》，第一回武松斗杀西门庆……”就这样，我顺利地说完了第一回。等到第二天，第二回开始前我躲在侧幕看着台下的状况，没想到台下一下子来了三十多位观众。第二回是武松发配，我说的是声泪聚下。第三回是母夜叉孙二娘，我一个孙二娘的造型一出场，下面的观众居然拍手叫好。这天茶馆里坐满了人，这个茶馆本来最多能挤五十人，那天挤进了八十人，一个长凳上坐了四个人，此时的我感觉是好得不得了，我想：一张票子是两元，每天有八十个人，那收入就是一百六十元，我和我老板对半分，那我一天就有八十元，我说三十天就有两千四百元了，这可是一笔巨款啊。等到说第十回血溅鸳鸯楼时，那天我在台上说的是淋漓尽致、潇洒自如，但是不经意间我看到台下最后一排有一位正在抽烟的老先生，不看不知道，一看吓一跳。他不是别人，正是吴君玉老师。我脑子一片空白，你们想想，这就好比卖假药的遇上工商局的啊，我词都快忘光了。但是转念一想，我既然说我是吴老师的学生，我就不能为他丢脸。我定了定神，继续说了下去，说完后，我连谢幕都顾不上，直接奔到后台找到了吴老师，吴老师一只手扇着扇子，另一只手夹着香烟，衣服都被汗水湿透了（当时正好夏天）。吴老师一见到我就说：“小鬼，你偷偷地拿

着我的书在外面赚钱是哇？”我说：“吴老师我迫于生计，不到万不得已我也不会这样……”我心想吴老师怎么会找到这儿来，难道是因为我说得好被客人传了出去？后来我才知道，原来茶馆老板认识吴君玉老师的儿子，并把我在茶馆里说书的事情告诉了他，吴老师的儿子又告诉了吴老师，于是乎吴老师才会来。吴老师对我说：“倷呢总体来说是块说书的料，但是倷还要学很多东西，我是坐公交车来的，这么晚了我也回不去了，今晚我就手把手地开始教倷。”就这样，在这茶馆的天井里，吴老师当晚就开始教我夜走蜈蚣岭，果然是大师啊，这一招一式，潇洒自如，这一腔一调，抑扬顿挫，说表分明。当时正是夏天，虽说是晚上，可是温度也是十分高的，蚊虫也特别的多。但是吴老师忘却了汗水的浸润，忘却了蚊虫的叮咬。我俩彻夜长谈，忘记了时间的流逝，直到金鸡报晓，朝阳冉冉升起，才想起来我们已经一夜没睡了。我在台上卖力演出，我想把学到的东西都施展出来。你别说，经过名家的指点，一上台到底是不一样的，可是当我目光望向吴老师时，发现他已经睡着了。老人家为了教我一夜未合眼了，我心想也许是因为我说得好，吴老师才放心地睡了，如果我说得不好，吴老师肯定会在台下大喊：“小鬼，我教倷的东西你全忘光啦。”在之后的日子里，吴老师又教了我“景阳冈武松打虎，鲁智深倒拔垂杨柳，段景驻失马，黑白斗”等等……我和吴老师几乎是朝夕相处，有时候吴老师会开玩笑说：“倷个小囡要不要去派出所，把户口迁到我家来好了。”其实和先生学本事不是上一两个小时的课就行了，真正要学到东西就要天天和老师呆在一起，耳濡目染，习惯成自然。吴君玉老师生活中的噱头不要太多，我把那些噱头统统记住了。有一次我们去熟食店买了点牛肉，回来的时候经过老年活动中心，看上去估摸着有五十几个平方，老人们嫌弃中心里太热，都搬着凳子坐在外面一动不动地乘凉，吴老师看到就和我说："悦悦啊，傣看这老年活动中心，两个老头活是活的，动却不动的。"听罢他的话，我笑得差点逃到马路对面。有时吴老师会对我说："舒悦啊，我和傣说，当一个人把一件事反反复复、复复反反地说了七八遍，这就是老年痴呆症的预兆。"我笑着回答道："吴老师，这件事您已经和我说了七八遍了。"比如说还有一次，我陪吴老师去苏州演出，演出完就住在了附近的宾馆。吃好晚饭，吴老师和我说："傣和我睡一起，我喜欢吃夜老酒，小菜我都有的，傣勿好先困（睡），要陪我嘎讪胡。"我想嘎讪胡可是我的强项啊。结果我们从当晚九点半一直嘎到了第二天凌晨两点，吴老师是哈欠连篇，只见吴老师的上眼皮和下眼皮都要碰到一起了，后来他实在熬不住了，就对我说："傣这个小鬼真会嘎讪胡，我吃勿消了，先去睡了。"其实非但吴老师噱头多，他的夫人徐檬丹老师的噱头也是多得很。徐老师是剧作家，她写的稿子可谓是小桥流水，蜿蜒曲折、细致万分，但在生活里却是个马大哈。生活中，吴老师细致得像女的，徐老师则像男的。一天晚上，徐老师做了一盘草头（金花菜）。他们苏州人炒草头喜欢放黄酒，炒完后，吴老师问徐老师："好婆（吴老师对徐老师的昵称），这个草头好香啊，房间里都闻到了，你是用什么酒炒的啊。"徐老师说："黄酒啊！""哪一瓶黄酒？"吴老

著名评话艺术家吴君玉和著名剧作家徐檬丹伉俪情深

师问道。“柜子上的那瓶。”徐老师漫不经心的回道。哎呀！吴君玉老师大喊一声，原来徐老师所谓的“黄酒”其实是吴老师一直舍不得喝的XO，吴老师气得“血都要喷出来了”。还有一次，吴老师中午起来想喝牛奶，就对徐老师喊道：“好婆，倷帮我去热一热牛奶。”于是徐老师就倒好牛奶放进微波炉开始热了起来。过了十五分钟后，徐老师才想起自己正在热牛奶，她打开微波炉一看，居然什么都没有！徐老师找了好久都没有找到，后来还是吴老师到冰箱里拿啤酒时才发现。原来他们家的微波炉在冰箱上，徐老师马大哈，开错了门，她开到下面冰箱冷冻门去了，结果牛奶变成了牛奶冰棍。最经典的一次，徐老师从苏州回来，叫吴老师去接，火车八点钟到，两人相约在新客站门口的大钟旁见面。吴老师七点半就到了，他拿着报纸坐在了大钟旁，一边看报纸一边等徐老师。吴老师等啊等，等啊等，就是不见徐老师的踪影，当时是没有手机的，所以吴老师联系不到徐老师，无奈只能独自回家。没想到刚踏进家门就看见徐老师已经回来了，而且正在吃泡饭。吴老师十分生气，质问道：“倷哪能（怎么）自己回来了，我等了倷多久倷知道吗？”徐老师扔下手里的泡饭，大声地回应道：“倷还好意思说，人家都有人来接的，唯独就我是一个人，倷说倷等我，我怎么没看见倷人呢？倷在瞎说。”吴老师急了：“啥瞎说，我就坐在大钟旁看报纸，报纸上的新闻我都差不多背出来了，就是等不到倷。”徐老师大惊：“啊，那个看报纸的老头是倷啊，怪不得我想怎么这么像倷！”原来，徐老师那天隐形眼镜忘了戴（她是个深度近视眼）。

老两口有一个共同爱好，就是喜欢养小动物，他们家就像动物园，他们养了一只猫叫吴小咪，一只狗叫吴路欢，还养过小的老鹰，叫吴小鹰，四只鹩哥分别叫吴一、吴二、吴三、吴四，那只吴四就如《日出》里的胡四一样是个“娘娘腔”。我每次到他们家里去就如踏进了动物园，猫叫狗跳鹰飞鹩哥唱，好一派生气勃勃的景象啊。二老就像是动物管理员，悉心照顾这一群小动物。后来马戏团有一只退役的西施狗，要送给吴老师，可是他的家里实在养不下了，于是就给了我，它的名字叫西西，我母亲姓杨，所以它就叫杨西西。虽说吴老师喜爱小动物，可有一种动物他是怕得不得了。没错，就是老鼠。老鼠这两个字吴老师是听也不能听到，有一次吴老师在台上说《武松》，突然从后台窜上来一只老鼠，吓得他一下子跳了起来，直接昏倒在舞台上。这么一个英勇的武松，见到一个老鼠，一点英雄气都没了。吴老师以前住的是天井里搭的房子，他的丈母娘睡在厢房，后来他搭的房子里闹鼠灾，只听见叽叽喳喳的都是老鼠的叫声，吴君玉老师快被吓死了，翻来覆去睡不着，后来他实在是受不了了，一咬牙，跑到他丈母娘房里去睡了，就睡在丈母娘脚边，早上他丈母娘起床看到吴老师睡在自己的脚边，吓得一脚就把他踹到了地上。吴老师一下子被惊醒，连忙给丈母娘打招呼:“妈,不好意思,我那房里老鼠太多了,我实在是怕得不行了,才睡过来的。”怕老鼠怕得跑去丈母娘房里,吴老师哦,我真是佩服你。

吴君玉老师什么都好,就是有一个致命伤,烟瘾太大,用他的话说:婚可离但烟不能去。他一天要抽两三包,为此徐老师对他意见很大。但是吴老师不以为然,他说:香烟跑进去就如给肺涂了一层油漆,还能起到保护作用。你们看看,这完全就是谬论啊,我们根本管不住他。终于出事了,有一次吴老师脸部肿胀,他家附近的医院里误诊,说他得了皮肤病,只要挂盐水就能好起来。可是过了很久病情却一直不好转。后来吴老师去了瑞金医院,一检查发现是肺部小细胞癌,医生说这个病就是抽烟抽出来的,并告诉他已经是晚期,癌细胞全都扩散了,最多只能活三个月。吴老师这么一位钢筋铁骨的汉子,听到癌症一下子呆住了,过了一会儿才平静地说道:“医生,我一定乐观地配合倷治疗。”我看得出吴老师虽然表面上非常乐观,但是心里却蒙上了一层阴影。他那莫名其妙的停顿,时不时的走神,就如行尸走肉一般,这些完全源于他的病情。但吴老师的求生欲却是很强的,那样不喜欢看毛病的人完全配合医生治疗,就算化疗再痛,他也咬紧牙关坚持下去。但是病魔是无情的,我记得吴老师离开我们的那天是二〇〇八年的某天凌晨。前一天晚上,我九点半就睡了,我梦到吴老师正在台上说书,而我则拿着杯子在侧幕等他,当他演完下来我把水杯递给他,他喝了口水,对我说:“悦悦,我要到那边去了,来不及了。”我对他说我也要去,他回道:“小鬼,这个地方倷不能去,倷好好地在这儿呆着,

舒悦和著名评话大师吴君玉的儿子吴新伯切磋“武”艺

把我教侬的东西学学好。”我一下从梦中惊醒，浑身大汗淋淋，我打电话给吴老师的儿子询问吴老师的情况，他告诉我吴老师情况不乐观。我一看表，当时是晚上十二点，我告诉他我马上过去。赶到医院，见到吴老师嘴里插着呼吸机，吸进去的气多，呼出的气少。我看到吴新伯（吴君玉老师的儿子）眼眶已经哭得红肿了，他对我说：“兄弟啊，爹爹可能熬不过今晚了。”我也知道情况不妙了，我问吴新伯吴老师现在还认识人吗？他告诉我他们都叫过了吴老师了，但是他好像不清楚了。我走上前去，握住吴老师的手说：“吴老师，我是舒悦，你如果知道我是谁，你捏捏我的手。”说了第一遍没反应，于是我又说了一遍，来了！我感到我的手被轻轻地捏了一下，此时吴老师微微睁开双眼，对我说：“小鬼，吴老师精疲力尽了，我已经教不动你了。”听到这句话，我的眼泪像断线的珍珠一样不停地流了下来，吴老师生命垂危，在弥留之际却还想到要教我，我实在是舍不得，实在是舍不得吴老师啊。可是就在当天凌晨的两点十分，吴老师与世长辞，享年七十七岁。

望着吴老师的身影，我脑子里想：我没有给外公、奶奶送终，吴老师我却送到了，这也是一种情缘吧，我相信这种情缘不会因为吴老师的离去而断开。我和吴老师这些

年的朝夕相处，为我现在嘎讪胡打下了扎实的功底，每年清明我都会去看他，他的福地在滨海古园的名人园。因为吴老师这一辈子就喜欢烟酒茶，所以我都会带着黄酒一瓶、绿茶一杯、香烟一支（有人说吴老师就是抽烟抽死的，你还要去害他啊），但是你们想想，吴老师都已经这样了，何必再去说他，他一生的爱好就让他爱下去吧，再说了一年只抽一次，问题不大。据吴新伯说，吴老师得了癌以后，还放过噱头呢。有一次，他找到了两条中华，他已经生病了不能抽烟，于是他对他儿子说：“这两条中华倷拿去给舒悦。”后来他转念一想又说道：“算了，不能让他和我一样，不要去害他了。”其实，吴老师啊，您这样的人怎么会害我，您一直都是十分爱惜我啊。所以至今我每天都会怀念您，您的吴派艺术和我的《嘎讪胡》有异曲同工之妙，我会好好把吴派艺术运用下去并发扬光大。

第六回

受三位评“真人”点拨

我现在每周不和谁见面都不要紧，但不和这两位老师见面我就会浑身不自在，一方面是因为和他们在一起开心，另一方面则是和他们在一起我能吸收到充足的“养料”。

许多人可能不知道我在评弹界是有磕过头的老师的，他是蒋月泉老先生的学生，叫苏毓荫。苏老师是说现代书的，《黄慧茹与陆根荣》是苏老师的拿手作品。这部作品在一九九五年让戏剧频道的《电视书苑》栏目收视率屡创新高，就连陈国庆也被这书深深吸引住。苏毓荫老师说的书和其他人相比是另有一功的，用现在的话说，苏老师的评弹是评弹界的一朵奇葩，它吸收了滑稽的内容。苏老师可以靠一个人把老人、小孩、男人、女人等角色分得清清楚楚，惟妙惟肖。听了他说的书后我又迷上了，你们别看我是唱滑稽的，其实我是一个十足的戏迷。后来我经人介绍认识了苏毓荫老师，我俩是一见如故。我问苏老师是什么评弹团的，他的回答让我震惊，他居然是在废品回收站退休的。其实苏老师之前在新长征评弹团，“文革”时被下放到废品回收站去了，“文革”结束后人家都回到老单位里了，唯独他没回去，所以他就这样在废品回收站继续工作，直到退休。这是苏老的一世隐痛，因为怀才不遇，所以英雄无用武之地，听到这，我非常地愤愤不平，也许是因为我的恻隐之心，我就想了一个不是办法的办法。二〇〇六年，当时的我可谓是有点“粉红”了，因为我正好在演“肖百搭”。

评弹界的奇葩——苏毓荫和舒悦师徒情深

我和苏老师说："苏老，如你不嫌弃，那我拜你做先生，和你学点评弹上的东西，你教教我怎么把评弹滑稽结合，我现在也有点'粉红'了，你去外面演出的时候就可以说我是你徒弟了。"苏老师听完眼睛都放绿光了，呆了半天问我说是真的还是假的。我说："当然是真的，我们唱戏的人应该不耻下问，多拜老师，多学东西，以博采众长来充实自己的本领，让自己十八般武艺样样精通，一花独放不是春，万紫千红才是真正的春满园。"苏老师听完眼眶都红了，于是我们就决定举办拜师宴。那一天我们摆两桌酒水，苏毓荫老师请来了上海评弹团的团长秦建国以及评弹艺术家王柏荫老师来见证这具有意义的时刻，从此我便又多了一位磕过头拜过的老师。

现在，苏老师都会时不时地打给我电话，告诉我段子，他把通俗歌曲《迟到》的歌词改编并用苏北话唱："你到我身边，皮笑肉不笑，两只眼睛盯牢我的钱包，我的心中，扑通扑通跳，哦，把皮夹子藏藏好。"苏毓荫老师的东西通俗易懂，而且他有个特点，现在的事情他大多是记不住的，可是老上海的事全都在他肚子里，我现在《嘎讪胡》里用到的老上海的故事百分之八十都是从他那儿批发来的。

在苏老师的手机通讯录里，有一个叫沈东山的人，他的电话号码在我的号码上面，由于苏老师年纪大了，所以每次想打沈东山电话时常常会点错然后打给了我。有一次我又接到苏老师的电话，他说："喂东山。"我心想苏老师又拨错电话了，我马上回他："我不是东山，我是西山。""你是西山？你贵姓？"苏老师疑惑地问道。我立马回答他："我姓戎，叫戎西山（上海话里绒线衫的发音）。"

苏老师的噱和其他人不一样，他是属于阴噱，他要么不说话，突然说一句话你会吃不消并且让你笑很久。这不有一次，我们一众人去吃海鲜，点了满满一桌子海鲜，可是我们却一直在谈论事情，讲得多，吃得却很少。苏老师忍不住了，在旁边着急地说道："你们快吃呀，这些个海鲜啊、田螺啊什么的肯定在想，你们都费了这么大的劲把我们捉上来了，还不快点吃掉我们啊。"

在今年七月七日我收到一封信，信封上面写着舒悦先生收，我拆开来一看，是苏毓荫老师的来信，信上写道：舒悦，好久不见，你好吗？"七七"卢沟桥事变纪念日要到了，我写了点东西给你，可能这一小段东西你能派得上用场，内容是：为什么我们把日本人叫做萝卜头？因为当时抗日，武器十分落后没有枪，只有刀，所以民兵只能用刀去作战。拿着大刀砍掉日本人的头，由于日本军人戴的帽子非常像萝卜，所以我们才会把日本人叫做萝卜头。这位风烛残年的老人依然记得我是他的学生，他把他觉得有用的东西全都给我，这不正是真正的为人师表吗？作为一个学生来说，苏老师给我的东西不管有用没用，我都照单全收。

如今的苏毓荫老师已经九十岁了，身体也大不如前了，人一老就好似风前烛，在风吹之下随时都有可能会灭，但我们这些学生会用自己的手、用自己的心去挡住这股风，让这支风前残烛能够烧得更久。

上海评弹团有个书场叫乡音书场，我在里面听书，认识了评弹界著名的夫妻档，那就是“程施档”，程振秋老师和施雅君老师，“程施档”在那里演出《天平侯》。《天平侯》是程老师把《基督山恩仇记》改编并转换成中国古代的故事而来的。我去听了，结果又被深深地吸引住了，“程施档”的书可谓让人耳目一新，它既有传统的根基，又有划时代的创新。所以，二十多年来程老师、施老师从最初的乡音书场到西藏书场，再到后来的雅庐书场、小码头书场，不管到哪演出都会爆满，座无虚席。有人要问为啥“程施档”的生意这么好？我告诉你们，是因为剧本好、演员好，程老师、施老师在台上从不矫揉造作，哗众取宠，他们永远都是平淡之中见真情，他们的每一部戏、每一回书都能做到深情并茂，他们的书经得起时间的考验，能让你反反复复地去听却不会觉得厌倦，就如现在我们看的四大名著，不管它们如何一个版本接一个版本地升级，观众都会看得下去。

在我的印象当中，程老师一直是个很自律的人，一米六不到的身高，貌不惊人，可是他却写了六部长篇书集，这六部书集分别是《假婿乘龙》《珍珠衫》《青楼凤》《高王府》《乾隆遗珠》《天平侯》，加起来的字数达到了一百六十万。当时程老师、施老师一起跑码头（在码头上说书），

每次跑码头就要说上个十五天，程老师每天都会在演出结束后写掉一回书，所以十五天就写了十五回，写一回书起码要两个小时，十五回书也就是三十个小时，他写了六部书，那么加起来一共有一百八十个小时，你根本想不到在这位老人的身体里充满着这么多的能量。其实程老师能写出这六部长篇书集是有一定原因的，从他的衣食住行上就能看出来。各位看官别急，听我细细道来。

一开始我和两位老师不是那么的熟悉，直到后来认识了，我才明白说书说得好和他们的生活习惯以及为人处世之道息息相关、密不可分。两位老师的生活非常之平淡，而且他们的日常生活极其有规律，特别是程老师，他患有糖尿病，有些糖尿病患者馋得很，往往控制不住自己的嘴巴，对甜食照吃不误。可是程老师却不同，他明明把血糖控制得很好了，却还是十分严格地对待自己的饮食，把早中晚三顿饭安排的是井井有条。程老师绝对不会让任何事打破自己所设定的规定。在穿着上，虽然程老师的衣服比较少，可是你可以去看看他的衣柜，出乎意料的整齐，里面的衬衣、衬裤、袜子全部都叠得整整齐齐。如果程老师要拿出一件叠在当中的衣服，他肯定不会为了节省时间直接从当中抽来，而是拿掉上面的衣服后再去拿。细节决定

评弹界的著名夫妻档“程施档”——程振秋和施雅君

欢乐开怀的评弹艺术家程振秋

一切，从这些小事上足以看出程振秋老师是多么自律的一个人。程老师住过的都不是大房子，现如今他和施老师住在黎明花苑，两室一厅的公房，大房间留给施老师住，小房间则是程老师的。他把小房间一分为二，一间当作书房，另一件则为卧室。我曾经问过程老师为什么他住的房子都不大？他回答我道："山不在高，有仙则名。水不在深，有龙则灵。斯是陋室，惟吾德馨。谈笑有鸿儒，往来无白丁。"听罢程老师的回答，我就写了一首打油诗送给他："斗室寸金地，家什寥无几。欢乐老两口，悠然好滋味。"

衣食住行对于一个老人来说可谓是最难的，随着年龄的增大，身体上难免会有些力不从心，但是程老师却每天坚持锻炼。他到哪儿都只靠自己的一双腿，这里我要说明，并不是程老师舍不得打车而是他就喜欢走路，七十九岁的高龄天天要在太阳底下走四公里。虽说走路益于身体，但毕竟年纪摆在这儿。后来有一次程老师去华东医院体检，一检查，医生说他腰间盘有问题，需要做手术，而且不是一般的小手术，这个手术稍有不慎，就要终身坐在轮椅上了。程老师的身上就是有那么一股钻劲，他听医生说每天在地上爬可能会对他的病情有帮助，于是他就坚持每天在地上爬半小时，就这样日复一日的，他的病居然被他给"爬"

好了。程老师就是这么一个懂自律、懂养生的人，通过他的衣食住行，就可以相信他能把任何一件事情都做得完美无瑕。所以，六部长篇书集出自于这么一个人手里不是偶然而是必然的。

程老师送我的东西永远是写毛笔的字帖，《本草纲目》的古本文。万变不离其宗，总是和琴棋书画有关，我们之间从无钱财、奢侈品的往来，就算哪天遇上了也无非是沏一壶茶，坐下来聊聊天。除了糖尿病，程老师还患有心脏病、腔梗，但是身体其实是很好的。这里面除了他的自律，还和另一方面息息相关，就是施雅君老师对他的照顾。施老师一开始是不会做家务的，但为了能照顾好程老师，每样家务她都从头开始学起。施老师比程老师小了十三岁，论外貌，程老师比不上施老师，可是程老师的人格魅力和他的真才实学迷倒了施老师。一个貌不惊人的男人只要他有腔调、有原则、有文化、有品位，照样会让女人倾倒在他的“石榴裤”下。施老师是上海评弹团的国家一级演员，名气越是响当当就对周围的事越是挑剔，其实她在程老师面前也是挑剔的，但无非是说不过他最终败下阵来。现在施老师负责照顾程老师的饮食起居，两个人相濡以沫，互敬互爱。那有人要问，两位老师吵不吵架呢？其实是吵的，

舒悦和评弹恩师"程施档"

但不是平时，而是一说书就吵架，当然，现在因为年纪大了不说书了，于是他俩现在也不吵架了。为啥？因为两位老师对艺术的要求太高了，用他们的话说：“听客们来听书就是喜欢你，我们必须要对听客负责，所以我俩都不允许互相说错，只要一说错就会开始指责对方，从而演变成吵架。”这种对艺术的负责和认真是非常值得我们做小辈的去好好学习的。

在早些时候，很多评弹演员都会去跑码头，“程施档”也不例外，每当过年的时候，为了生计，他们都要去做年档，人家过年一家人团团圆圆，两位老师则拿着两把三弦、两把琵琶，还要拿着自己的被子铺盖，坐着公车奔赴码头。年三十早上出发，到了目的地后，有些好的老板会来接他们，把他们安排到住处。但是遇上不好的老板，他自己去跑去吃年夜饭了，把程老师和施老师留在一个陌生的地方，叫天天不应叫地地不灵，只能靠他们自己慢慢地寻找住处。有时候因为过年，还要带着老母亲和小孩到陌生的地方去演出。有些个坏的老板，一开始电话里答应年夜饭和房间都已经准备好了，结果到那儿一看，炉子要自己生，鸡要自己杀，蹄髈上的毛也要自己拔，连米都要自己淘，筷子都是长短不齐的。有一年的年三十，程老师和施老师去说书，说完后已经是晚上九点半了，两位老师开始升炉灶做年夜饭。等到饭菜全部做好发现筷子只有三双，此时却有四个人，无奈程老师只好找两支用来写黑板报的毛笔，把它们倒过来当筷子来用。虽然外面锣鼓喧天，鞭炮齐鸣，家家户户都在为迎接新春做准备，可程老师和施老师吃完饭还是继续在房间里排书，有时甚至为了一个字还要吵吵闹闹。我想这就是所谓的环境造就人才，钢铁是怎样炼成的？就是这样炼成的！

施雅君老师的眼睛不太好，就为这个事还闹过不少的笑话。记得我第一次去她家的时候，施老师非常热情地炒了一大桌菜，在餐桌上，施老师不停地为我夹着菜，结果她看我不怎么动筷子就问我："是不是我烧得不好吃啊？你怎么动也不动？"我回答道："施老师，你夹给我的菜都夹到烟灰缸里去了。"她把我的烟灰缸当成了我的碗，于是就一个劲儿地往烟灰缸里夹菜。还有一件事，有一次施老师去商场买东西，她在商场里来来回回绕了好几圈把出口忘了，于是施老师就准备找个人问问路，这时她看见不远处正好站着一个人，她走上前去，问道："你好，请问出口怎么走？"问了一遍后，那人并没有回答她。施老师以为他没有听到，于是便提高了嗓门，继续问道："你好，请问出口怎么走？"……依然没有回答，施老师心想这人怎么这么没礼貌，我只不过是问问路而已，就算他不知道，也该告诉我一声，可他倒好，连理都不理我。正当施老师准备指责这个无理的人时，旁边来了一位天真可爱的小女孩，她说道："奶奶，你为什么对着一个假人说了这么久话呀？你们是朋友吗？"唰的一下，施老师的脸通红通红，随即对小女孩说："奶奶在背书，奶奶在背书。"说完掉头就走了。

我现在每周不和谁见面都不要紧，但不和这两位老师见面我就会浑身不自在，一方面是因为和他们在一起开心，另一方面则是和他们在一起我能吸收到充足的"养料"。两位老师常对我说："悦悦啊，你对我们真好，你为我们的晚年生活增添了不少的乐趣啊。"其实两位老师，你们对我才是真的好啊，我从你们身上学到了那么多东西，我们这是两厢情愿。在这儿我衷心地祝愿二老开开心心，快快乐乐，身体健康，长命百岁！另外，我得提一下，我们程老师的一生曲折离奇，我已经联系上海锦绣文章出版社要替程老师出一本自传，也许马上就会和大家见面，请大家拭目以待。

龍頭巖

后记

看了这本书之后很多人会说，舒悦学的东西太杂了，一会儿这个老师，一会儿那个老师，其实啊，我还有很多老师没写，如果写上去的话会有《辞海》那么厚，沪剧、越剧、京剧、滑稽、评弹、作曲、编剧、导演以及二胡等，我还和许多老师学过。杂吗？一点不杂。因为本身我们唱滑稽的、搞曲艺的就是一个杂家，学的本事越多，将来你用起来就越不怕囊中羞涩。当然老师挑学生，学生也应该会选老师。我今年四十一岁，如果我再唱十年，我还会去找更多的老师，寻师访友，继续发挥我“神偷”的本事。那么“偷”来这些本事派什么用处呢？我“偷”来的这些“古董玉器珍珠玛瑙”都是价值连城，我要传给我的学生，把我们戏曲、曲艺的瑰宝一代代地传下去，更要把博采众长、海绵吸水的求知精神发扬光大。在此感谢大家的抬爱，感谢老师们的辛勤栽培，我刻骨铭心，没齿难忘。

此致

敬礼！

舒悦

二〇一五年七月八日

图书在版编目(CIP)数据

舒悦艺事/舒悦著. -- 上海:上海锦绣文章出版社, 2015.8

ISBN 978-7-5452-1674-5

Ⅰ.①舒… Ⅱ.①舒… Ⅲ.①随笔-作品集-中国-当代 Ⅳ.①I267.1

中国版本图书馆CIP数据核字(2015)第172589号

出品人 周 皓
策　划 郭燕红
责任编辑 安志萍
装帧设计 王建军 颜 英
技术编辑 李 荀

书　名 舒悦艺事
著　者 舒 悦

出　版 上海世纪出版集团 上海锦绣文章出版社
发　行 上海世纪出版股份有限公司发行中心
网　址 www.shp.cn
锦绣书园 shjxwz.taobao.com
地　址 上海市长乐路672弄33号 (邮编200040)
印　刷 上海丽佳制版印刷有限公司
开　本 787×1092 1/16
印　张 10.5
字　数 40,000
版　次 2015年8月第1版
印　次 2015年8月第1次印刷
I S B N 978-7-5452-1674-5/J.1023
定　价 58.00元